Numéro de Copyright

00071893-1

Ce Roman est une fiction.
Toute ressemblance avec des faits réels, existants ou ayant existé, ne serait que fortuite et pure coïncidence.
Le Code de la propriété intellectuelle interdit les copies ou reproductions destinées à une utilisation collective. Toute représentation ou reproduction intégrale ou partielle faite par quelque procédé que ce soit, sans le consentement de l'auteur ou de ses ayants droit ou ayant cause, est illicite et constitue une contrefaçon, aux termes des articles L.335-2 et suivants du Code de la propriété intellectuelle.

Amitiés singulières

Amitiés Amour et Conséquences

Juillet 2021

Roman

« À nos petits Anges »

© 2021 Jose Miguel Rodriguez Calvo
Édition : BoD – Books on Demand,
12/14 rond-point des Champs-Élysées, 75008 Paris
Impression : BoD - Books on Demand, Norderstedt,
Allemagne

ISBN : 9782322379675
Dépôt légal : Juillet 2021

Amitiés singulières

Amitiés Amour et Conséquences

Juillet 2021

Roman

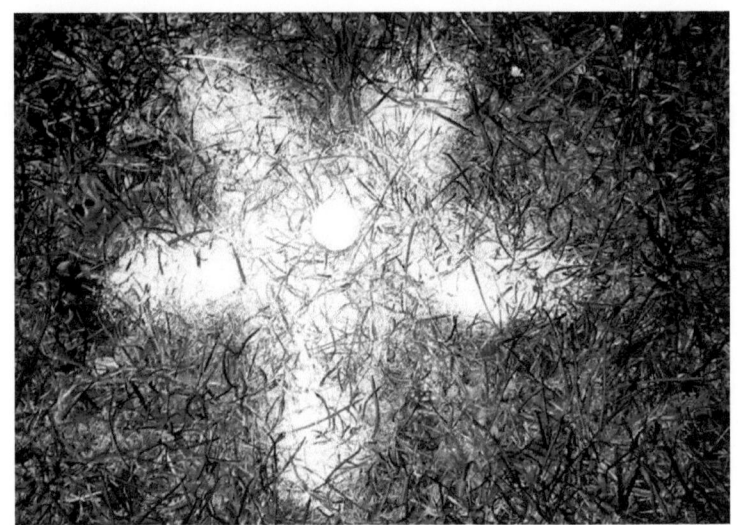

« À nos petits Anges »

© 2021 Jose Miguel Rodriguez Calvo
Édition : BoD – Books on Demand,
12/14 rond-point des Champs-Élysées, 75008 Paris
Impression : BoD - Books on Demand, Norderstedt, Allemagne

ISBN : 9782322379675
Dépôt légal : Juillet 2021

Amitiés singulières

Amitiés Amour et Conséquences

Roman

Auteur
José Miguel Rodriguez Calvo

Mes Citations

« *L'amitié et l'amour comportent toujours leur lot de conséquences, l'inverse n'est pas forcément vrai* »

« *L'argent est toujours synonyme de richesse, mais la richesse peut aussi se concevoir sans argent* »

Synopsis

A Paris, un homme allongé sur un muret du parvis de Notre Damme, est réveillé par des policiers, il est totalement amnésique.
Dans le même temps, un diplomate de l'ambassade de Russie est enlevé par un commando d'activistes Ukrainiens.

1

PARIS

Parvis de Notre-Dame

— Allez monsieur, debout ! On se lève !
Il est près de dix heures du matin, un homme d'environ la quarantaine, habillée en costume cravate, est allongé sur le rebord en pierre du verdoyant massif qui orne la devanture de l'imposante cathédrale et semble dormir profondément.
Deux agents de la police municipale le secouent avec insistance pour le réveiller et le faire partir.

— Vous ne pouvez pas rester-la ! C'est interdit !
Après un long moment d'insistance, les fonctionnaires finissent par le faire réagir et peu à peu, il sort de sa pesante torpeur et finit par s'assoir.
— Alors monsieur, on a bien fait la fête ? Il est temps de rentrer chez vous maintenant, vous ne croyez pas ?
L'homme, visiblement encore étourdi et léthargique, peine à retrouver ses esprits.
Finalement, sans prononcer le moindre mot, il s'incorpore et approuve en acquiesçant d'un signe de la tête, puis finit par s'éloigner.
Il fait quelques pas, puis s'arrête brusquement. Il regarde autour de lui, comme pour chercher son chemin.
Visiblement, il semble perdu, il ne sait plus où il se trouve.
Puis il se rend compte que sa main droite est ensanglantée. Il s'empresse de l'examiner mais pas la moindre blessure. Il porte sa main à son visage pour vérifier qu'il n'a pas eu un saignement de nez, puis s'empresse d'ausculter sommairement son corps au travers de ses habits, mais il ne ressent aucune douleur, excepté un horrible et insupportable mal de crâne, mais il ne perçoit pas la moindre blessure.
D'où vient ce sang ? Se demande-t-il. Il plonge ses mains dans les poches de sa veste à la recherche d'un « Kleenex » et en sort un couteau à cran d'arrêt maculé de sang.

Il reste éberlué, le souffle coupé. La vision de cet objet le fait définitivement sortir de sa torpeur et son adynamie.

— Qu'est-ce que ça veut dire ? Ceci n'est pas à moi, et puis où suis-je ?

Soudain, un terrible sentiment d'angoisse et de peur s'abat sur lui.

Pour un instant, il croit rêver, mais en essayant de traverser la rue, une automobile klaxonna fortement et il fit un bond en arrière pour ne pas être happé par le véhicule et se retrouva allongé sur le trottoir.

Il se releva avec difficulté et marcha jusqu'à la terrasse d'un café et s'assit lourdement sur une chaise puis demanda un café.

Malgré les efforts désespérés pour trouver une explication à ces curieux évènements, il se rendait compte que, non seulement il ne savait pas où il ne se trouvait ni comment il était parvenu là, mais il ne se souvenait plus non plus de son nom, ni de l'adresse de son domicile.

Il chercha frénétiquement dans ses poches son portefeuille pour consulter ses papiers, mais ne trouva rien.

Il était totalement amnésique.

Que s'était-il passé ?

Complètement abasourdi et déboussolé, il essaya de chercher au plus profond de sa mémoire le moindre brin de souvenir, mais rien ! Non, rien ! Pas le plus petit vestige ou la plus petite réminiscence de son existence, pas même une infime image ou pensée ne venait resurgir de son prétérit passé.

— Et mon nom, c'est quoi mon nom, comment je m'appelle ? Se disait-il.

Il avait fini de boire son café et s'apprêtait à se lever pour partir, il fouilla une à une toutes ses poches avec frénésie, mais pas un billet, pas même une pièce de monnaie. Comment allait-il pouvoir régler sa consommation ?

Il ne lui restait plus qu'une solution, partir sans payer. Il saisit l'occasion, au moment où le garçon se dirigea vers l'intérieur du local, il se leva lentement et sans la moindre précipitation commença à s'éloigner, il tourna aussitôt le coin de la prochaine rue et pressa le pas, il avait réussi son inavouable coup.

Qu'allait-il faire maintenant, où pouvait-il aller ? Et ce couteau ensanglanté dans sa poche : il avait avec certitude blessé quelqu'un, peut-être même l'avait-il tué. Dans quel dramatique aléa s'était-il retrouvé ?

— Où aller maintenant ? Voir la police ? Non ! Ils ont forcément me poser des questions auxquelles je serais incapable de répondre, ils vont m'arrêter, c'est certain. Comment pourrais-je leur expliquer ? Et puis ils sont peut-être déjà à ma recherche.

Je dois me souvenir, oui je dois absolument retrouver ma mémoire, je ne peux pas continuer dans cette insupportable et mystérieuse incertitude.

Il erra longuement dans les bruyantes et encombrées rues de la ville parcourue d'incessants flots de touristes par cette magnifique et ensoleillée journée d'été, à la recherche d'une hypothétique solution, chapardant ici et là quelques fruits sur les étalages des supérettes.

2

Une semaine avant

Il est vingt heures, dans un immeuble cossu du seizième arrondissement de la capitale. Deux couples d'amis prennent un bref apéritif. Avant de partir, ils ont pour projet de sortir et d'aller au théâtre.
Les amphitryons, Monsieur et Madame De Prévoit Jean-Charles et Mathilde, ont invité leurs amis Herbert et Lucie Berthier, et s'apprêtent à quitter leur magnifique appartement.
Les De Prévoit sont des riches industriels, issus tous deux de la grande bourgeoisie Parisienne. Jean-Charles, quarante-cinq ans, dirige une florissante Maison d'édition, quant à son épouse Mathilde, la trentaine, elle possède une galerie d'art dans le sixième. Ils ont deux enfants : l'ainé, Jean-Yves, dix ans et Caroline, la petite dernière, un peu plus de trois ans.

L'appartement est tenu par Amalia, leur employée de maison d'origine Portugaise.

Leurs invités, les Berthier, occupent tous deux de hautes fonctions dans la Banque.

Herbert, quarante ans, est Directeur de succursale et son épouse Lucie, trente-deux ans, dirige avec brio et virtuosité le département commercial.

Ils ont un seul enfant, une petite fille prénommée Alexia, de cinq ans, qui pour l'occasion a été confiée à la garde de Camille, leur « baby-sitter » habituelle.

La soirée se présente sous les meilleures prémices pour les deux couples d'amis qui se connaissent et s'apprécient depuis de longues années.

Herbert propose de partir avec sa Mercedes qui se trouve stationnée juste en bas de l'immeuble.

— Très bien ! Convient Jean-Charles, ça m'arrange, j'ai horreur de conduire la nuit dans Paris !

Les deux couples s'engouffrent dans l'ascenseur et parcourent en quelques minutes les quatre étages jusqu'au rez-de-chaussée, puis après avoir pris place dans le véhicule des Berthier se dirigent vers le théâtre « Édouard VII » dans le neuvième arrondissement.

Herbert dépose ses passagers, « Boulevard des Capucines » juste en face de la rue « *Édouard-VII* » et leur propose d'attendre, le temps pour lui de trouver une place de parking pour sa voiture.

Il commence à parcourir les rues environnantes, sans repérer le moindre endroit où laisser sa Mercedes.

Il passe et repasse dans toutes les rues avoisinantes, sans le moindre succès.

Ses nerfs commencent à l'exacerber fortement, lorsqu'il finit par dénicher un emplacement libre rue « Boudreau », juste à côté de « l'impasse Sandrié ».

Il exécute parfaitement sa manœuvre de créneau et arrête son véhicule.

Il en descend, et s'apprête à verrouiller son automobile, lorsqu'il est interpelé par un passant.

— Avez-vous du feu s'il vous plait ?

— Oui bien sûr ! Attendez une seconde !

Herbert palpe avec hâte ses poches mais il ne trouve pas son briquet.

— Je dois l'avoir laissé dans ma voiture.

Il se penche à l'intérieur de son véhicule, puis plus rien.

Le passant vient de lui asséner un brutal coup de matraque sur la tête, il est aussitôt poussé à l'intérieur et l'homme prend place au volant, il ramasse rapidement les clefs tombées sur le siège, et démarre en trombe.

Il prend immédiatement la direction de la porte d'Orléans, pour rejoindre l'autoroute A10 en direction du sud.

À une cinquantaine de kilomètres, il prend une sortie qui le mène jusqu'à une ferme isolée en pleine campagne du département de l'Essonne.

Son complice Benoit le talonne avec la moto avec laquelle ils avaient suivi la Mercedes d'Herbert depuis le domicile des De Prévoit, attendant une occasion pour l'agresser.

3

Une demi-heure passe, Lucie et les époux De Prévoit commencent à trouver le temps long et patientent en faisant les cent pas sur le trottoir.

— Mais que fait-il ? Nous allons manquer le début, je sais que ce n'est pas simple de stationner à cette heure, mais quand même !

Attendez, je vais l'appeler ! Propose Lucie.

— Ce n'est pas possible, il ne décroche pas !

— Attends un peu ! Reprend Mathilde, il est peut-être dans un parking en sous-sol ! Il ne doit pas capter. Un quart d'heure passe et toujours pas la moindre réponse d'Herbert.

Chacun leur tour, ils essayent de le contacter, sans succès, ils n'obtiennent pas la moindre réponse et il n'est toujours pas là.

L'inquiétude commence à présent à s'installer, même si les époux De Prévoit essayent de chercher de possibles explications pour justifier la situation et rassurer Lucie qui commence à montrer de flagrants signes d'hystérie.

— Je suis certaine qu'il lui est arrivé quelque chose ! J'en ai la certitude ! S'alarme-t-elle. Nous ne pouvons pas rester comme cela !

— Attends Lucie ! Ne t'affole pas ! Intervient Jean-Charles, nous sommes certainement en train de nous inquiéter pour rien, il y a sûrement une bonne explication. Venez, nous allons attendre dans le bar juste à côté, nous verrons bien.

De toute manière il est trop tard pour la pièce, prenons un verre, il va arriver, vous verrez !

Ils se rendent dans l'un des luxueux cafés situés sous les arcades de la charmante et élégante petite place du théâtre et demandent une consommation.

— Tu verras Lucie, je suis certaine qu'il va arriver d'un instant à l'autre ! Confirme Mathilde.

Le temps passe inexorablement sans la moindre nouvelle, il est presque vingt-trois heures et les spectateurs sont sortis du théâtre. Toujours pas la moindre nouvelle d'Herbert.

— Bon ! Nous devons faire quelque chose ! Chuchote Mathilde à son mari, ça devient inquiétant et Lucie est dans tous ses états.

— D'accord ! Allons au commissariat ! Il me semble qu'il se trouve rue de Parme, prenons un taxi !

Ils arrivent à destination et relatent les faits au fonctionnaire de garde.

— Vous savez, nous ne pouvons pas faire grand-chose pour l'instant, nous allons malgré tout vérifier auprès des hôpitaux et des Pompiers, mais nous n'avons pas reçu le moindre appel ou la moindre demande d'intervention ce soir dans le secteur.

— Mais il n'est pas possible de déposer une demande de disparition ? Insiste Lucie.

Mon mari ne peut pas avoir disparu de la sorte, nous allions tous au théâtre avec nos amis ici présents et il lui est forcément arrivé quelque chose, ce n'est pas normal !

— Je comprends, Madame, mais nous sommes obligés d'attendre, Monsieur est majeur et pour le moment rien n'indique qu'il lui soit arrivé un quelconque évènement dramatique qui pourrait justifier notre intervention.

Je vous suggère de patienter, il va certainement très vite vous donner des nouvelles.

De notre côté, si nous avons du nouveau, vous serez prévenue immédiatement.

Dépités par la réponse de l'agent, ils sont obligés de quitter le commissariat et de regagner leur domicile.

— Lucie, tu ne vas pas rester seule, nous allons chercher ta petite Alexia et vous dormirez chez nous ! Propose Mathilde.

— Oui, bien entendu ! Confirme Jean-Charles, nous allons passer chez toi, tu congédies la « baby-sitter », nous récupérons Alexia et vous venez à la maison, on verra plus clair demain.

— Merci beaucoup, c'est très gentil, mais si Herbert

rentre pendant la nuit, il ne trouvera personne à la maison ?

— Ne t'en fais pas ! Nous allons lui laisser un mot ajoute Jean-Charles, sois tranquille !

La nuit passe sans la moindre nouvelle d'Herbert.

Lucie, morte d'inquiétude n'a pas fermé l'œil, quant à Mathilde et Jean-Charles, qui n'ont pas réussi à dormir non plus, ils commencent à sentir monter en eux une alarmante angoisse.

Mathilde, de plus en plus nerveuse, peine à cacher son désarroi. Mais qu'est-il arrivé à son ancien amant ? Pourquoi ne donne-t-il pas le moindre signe de vie ?

4

Herbert se réveille étourdi. Il est retenu prisonnier dans une sorte de réduit ou de cave totalement insalubre.
Seule la faible lumière d'une ancienne ampoule à incandescence éclaire son lugubre ergastule.
De toute évidence, il se trouve quelque part à la campagne, ou dans un lieu isolé car aucun brouhaha de l'agitation urbaine ne parvient à ses ouïes.
Il est mort de froid, vêtu seulement de ses sous-vêtements, ayant été complètement dépouillé du reste de ses habits ainsi que de tous ses papiers et ses biens. La nuit allait passer sans le moindre contact avec ses ravisseurs. Le froid devenait insupportable, il avait soif, il avait faim, il était anéanti, complètement déboussolé. Que lui voulait-on ? Qu'avait-il fait pour se retrouver dans cette horrible et atroce situation ? Et

puis ce terrible mal de tête qui ne cessait pas et qui ne lui accordait pas le moindre répit...

Il avait beau torturer son esprit, rien ne venait justifier ou fournir une quelconque explication concernant les supplices qu'il subissait.

Pourquoi lui faisait-on subir cette innommable affliction ? Pourquoi à lui ? Qu'avait-il fait d'avilissant et de méprisable ? Que lui voulait-on ?

Il avait toujours exercé son métier de banquier avec honnêteté et bienveillance, aussi bien pour ses patrons qu'avec ses clients, et n'avait jamais eu à subir le moindre écart ou incorrection.

Mais peut-être était-ce tout autre chose, car sa vie privée n'était pas aussi irréprochable.

Quatre ans auparavant, il avait bien eu une relation qui dura quelques mois avec Mathilde, l'épouse de son ami Jean-Charles.

Et depuis il avait collectionné les aventures d'un soir avec des collègues de travail, mais aussi des amies et connaissances, car c'était plus fort que lui, c'était dans sa nature, mais il avait toujours été prudent et pris toutes les précautions pour ne pas compromettre son couple ni ceux de ses nombreuses compagnes.

— Non ! Ce n'est pas possible ! Ça ne peut pas être cela !

Si Jean-Charles avait eu le moindre soupçon, je l'aurais immédiatement su, je le connais parfaitement, il est tellement prévisible. Et puis il n'aurait jamais pu

imaginer une telle mise en scène, ni une vengeance comme celle-ci, surtout aussi longtemps après.
Et puis les autres, c'était juste l'aventure d'un soir, personne ne pouvait l'imaginer ou le soupçonner, car il était très précautionneux et excessivement prudent pour éviter les inéluctables conséquences.
— Alors quoi d'autre ? Oui quoi d'autre ? Ce n'est quand même pas mes petites incartades avec cette petite conne de « baby-sitter » ?
Vers onze heures du matin, ses ravisseurs se manifestèrent.
Deux jeunes hommes déverrouillèrent la porte et descendirent l'étroit escalier en bois, armés de couteaux.
Herbert se leva et interpela ces deux geôliers.
— Qu'est-ce que vous voulez ? Libérez-moi tout de suite ! Ça va vous coûter cher !
— Ta gueule ! Ferme-la ! À ta place, je me tiendrais tranquille, on te connaît bien ! Tu vas faire exactement ce qu'on te dira, sinon on balance tout ! Pour commencer, on veut les codes de tes cartes bancaires, après nous règlerons le reste !
— D'accord, mais rendez-moi immédiatement mes vêtements et apportez-moi à boire et à manger.
— Eh, doucement ! Du calme, pas d'exigence, nous allons d'abord vérifier si tu ne nous as pas arnaqués.
Les deux escrocs quittent les lieux, laissant Herbert croupir dans son cachot.

Ils s'empressent de se rendre à la capitale pour faire le tour des distributeurs de billets et sont agréablement surpris, car les codes des trois cartes fonctionnent parfaitement.

Ils vont ainsi retirer et épuiser le montant autorisé de chacune d'entre elles et obtenir une jolie somme.

Les deux individus se prénomment Robert et Benoit, ils sont âgés respectivement de vingt-deux et vingt-quatre ans, tous deux sans emploi, vivent de petits larcins et pour ce coup, Camille a convaincu Robert, son petit ami, de s'en prendre à Herbert, qui à la moindre occasion, profite de son influence et de la situation pour bénéficier contre son gré de ses faveurs.

5

« *Jardins du Grand Palais* »

À Paris, la nuit commençait à tomber et notre homme amnésique errait toujours dans les rues de la ville devenues maintenant plus calmes.

Les bars et les restaurants avaient à présent étés pris d'assaut et la cité s'était désormais illuminée, dans une débauche de lumière des établissements et projecteurs des monuments ainsi que les étincelants nimbes des innombrables réverbères.

Il cherchait de toutes ses forces, dans les infinis méandres de son cerveau, la moindre insignifiante

bribe de mémoire qui pourrait le mettre sur une piste et lui apporter une fraction de réponse, mais malgré ses efforts, rien ne venait éclairer son esprit, il demeurait dans le flou et le néant le plus total.
Que s'était-il passé ? Il savait seulement qu'il se trouvait à Paris, car ce nom s'affichait partout dans la ville, mais qui était-il ? Quel était son nom ? Où habitait-il et comment était-il arrivé là ?
Et puis que s'était-il passé, pour qu'il se retrouve couché sur un banc, ensanglanté, avec un couteau inconnu dans sa poche ?
Un épouvantable sentiment d'impuissance et d'angoisse le submergeait et une inquiétante anxiété qui le rendait alangui et amorphe l'empêchait de prendre la moindre décision.
N'ayant pas un sou en poche, il dut se résoudre à dormir sur un banc des remarquables et spacieux jardins boisés du Grand Palais.
Par chance, la magnifique journée d'été avait laissé place à une douce et agréable nuit, ce qui lui permit de retrouver un peu de repos malgré le dérisoire et bien modeste confort.

6

Quatre ans avant, à « Volos » en Grèce

L'histoire de Mathilde avec Herbert remonte à quatre ans, lorsqu'ils partent ensemble en vacances en compagnie d'un troisième couple d'amis.
Ils passent tout l'été en Grèce à « *Volos* », une magnifique citée balnéaire sur la mer « *Egée* ».
Herbert et Jean-Charles sont des amis de la « Fac » et ne manquent pas une occasion pour se rencontrer.
Étant tous deux adeptes de golf, ils écument les « parcours » et les « greens » de la région Parisienne. Au

fil du temps, ils ont fini par convertir leurs épouses, qui partagent désormais leurs loisirs avec quelques autres amis.

Mathilde, complètement absorbée par son goût pour la peinture, dirige sa galerie avec aisance et talent.

Les deux couples ont fini par devenir inséparables, partageant presque tous leurs loisirs.

Cette année-là, début août, les trois couples d'amis s'envolent pour Athènes, puis se rendent par la route jusqu'à la jolie et accueillante cité de la mer Égée.

Ils vont passer tout un mois de « farniente » à visiter la ville, la région et bronzer sur les magnifiques plages de sable fin.

Descendus naturellement tous dans le même hôtel, ils partagent les innombrables activités, les sorties et même les repas.

C'est lors d'une excursion en bateau pour visiter les îles occidentales de la « *Mer Lonienne* », que Herbert et Mathilde font plus intime connaissance.

Jean-Charles et Lucie ainsi que « Catherine », l'épouse de « Jean-Pierre Tournier », le troisième couple décident de rester à « *Volos* » pour profiter de la plage, tandis que Herbert, Mathilde et Jean-Pierre, prennent le « ferry ».

Arrivés au petit port de « *Zante* » dans l'île du même nom, ils débarquent et visitent les nombreuses curiosités de la ville.

Mathilde, accompagnée des deux hommes, semble euphorique et ne manque pas une occasion pour jouer de son charme.

Tous trois vont passer la journée à batifoler entre rires et plaisanteries, minaudant et affirmant sans pudeur leur attrait.

Mais de toute évidence, Mathilde est attirée par Herbert et c'est réciproque.

Le soir, tous les passagers rejoignent le « ferry », car le lendemain, une nouvelle escale est prévue à « *Argostoli* » sur l'île « *d'Eleios-Pronnoi* ».

Le dîner se passe à bord du bateau et les trois amis sont visiblement radieux d'être ensemble : les bouteilles de « *Retsina Kourtaki* » qui s'accumulent sur leur table l'attestent.

Puis après avoir pris leurs derniers verres dans le salon, chacun finit par regagner sa cabine.

Au cours du trajet, Herbert rejoint Mathilde dans sa chambre, et ils passent une bonne partie de la nuit ensemble.

— Herbert, que nous arrive-t-il ? Tu crois que c'est raisonnable ? Demande Mathilde.

— Tu sais, ça devait arriver un jour ou l'autre, ne te ne pose pas de questions, profitons du moment !

— Oui ! Mais je pense à Jean-Charles, je ne peux pas m'empêcher d'avoir des remords, mais tu as sûrement raison, nous devons profiter de l'instant et puis je ne suis pas en état de raisonner, nous avons beaucoup trop bu.

C'est alors une nuit de passion sans limites, enchainant les étreintes sans la moindre retenue.
Le lendemain, comme prévu, le bateau fait escale à « *Argostoli* ».
Cette fois Herbert et Mathilde ne se cachent plus, ils avouent leur relation à leur ami Jean-Pierre.

— Tu sais JP, nous pouvons compter sur ta discrétion, n'est-ce pas ?

— Quelle question, voyons ! Soyez tranquilles, je serais muet comme une tombe !

— Merci ! Ajoute Mathilde, tu sais, je ne voudrais surtout pas faire de peine à Jean-Charles et encore moins à notre enfant.

— Allez ! Ne t'en fais pas ! Cela arrive et c'est tout, profitez du moment, qui te dit que Jean-Charles n'en fait pas autant ?

— Non ! Je ne l'imagine même pas ! Pourquoi ? Tu sais quelque chose ?

— Mais non, bien sûr ! Je disais ça comme ça, c'est ridicule.

— Peut-être pas si ridicule que ça ! Ajoute Herbert. Tu sais bien que Jean-Charles a toujours été un peu « don juan », et puis regarde un peu son entourage à la Maison d'Édition, tu ne trouves que de superbes nanas !

— Arrête ne t'y mets pas aussi ! Réagit Mathilde.

— Non ! Mais je n'affirme rien ! Je constate simplement qu'il est toujours entouré de jeunes et jolies femmes !

— Allez ! Si on parlait d'autre chose ? Conclut Mathilde. Regardez ! Nous avons perdu le groupe, venez, dépêchez-vous si nous voulons le retrouver.
Un peu plus tard, sur le ferry, au moment du dîner, Mathilde s'absente quelques minutes pour retoucher son maquillage.

— Tu sais Herbert ! J'ai quelque chose à t'avouer ! L'autre jour à « *Volos* » quand nous étions à la plage, lorsque Mathilde et moi nous sommes absentés pour aller à l'Office du tourisme, en réalité nous avons fait un petit détour par l'hôtel et tu devines la suite.
J'espère que tu ne m'en veux pas, je n'étais pas au courant pour vous deux, bien entendu.

— Ne t'en fais pas JP tu sais, moi aussi je l'ignorais, c'est tout nouveau, ça vient de se produire.

— Ah ! Tant mieux, tu m'enlèves un poids, je ne ne savais pas comment te le dire, mais il fallait absolument que je t'en parle.

— Merci JP, merci pour ta sincérité, après tout, tu n'étais pas obligé de me le dire, alors comment pourrais-je t'en vouloir, tu es vraiment un ami.

— D'accord Herbert, tout cela reste entre nous ! Et soyez tranquilles, comptez sur ma totale discrétion.
À ce moment, Mathilde arrive.

— Alors les mecs ! Qu'est-ce que vous complotez ?

— Nous ? Rien du tout ! Rétorquèrent tous deux à l'unisson.

7

À Paris, Lucie, accompagnée des époux De Prévoit, se rend au commissariat. Cette fois, elle est absolument décidée à faire le forcing et déposer plainte pour disparition inquiétante.

En début de matinée, elle a reçu un coup de téléphone de son banquier qui lui a signifié que de grosses sommes d'argent ont été retirées dans la nuit sur leurs comptes.

Cette fois, les Policiers se décident à enregistrer sa demande, mais continuent à penser que son mari a très bien pu le faire de son plein gré et qu'il ne fallait pas penser à un évènement crapuleux.

Cependant, devant l'insistance et le comportement hystérique de Lucie, ils finissent par prendre le cas au sérieux et engagent des recherches.

Ils vont immédiatement se rendre compte des curieux retraits d'argent et déclenchent aussitôt les opportunes demandes pour étudier la téléphonie.

Ils constatent avec évidence, que le mobile de Berthier est éteint, et a « borné » pour la dernière fois près de la Seine.

Depuis, plus rien, plus la moindre trace ou infime indice d'Herbert, son mobile n'est plus joignable et surtout n'est plus détecté par aucun relais.

Bien entendu, cela ne signifie pas nécessairement qu'un évènement dramatique s'est produit, Herbert a très bien pu décider de disparaitre de son plein gré, même si cette éventualité est inenvisageable pour Lucie et ses amis.

Les enquêteurs vont tout d'abord chercher dans son entourage, un mobile ou une possible raison qui pourrait expliquer sa disparition, mais a priori, rien dans sa famille ou son travail ne vient étayer ou justifier un quelconque agissement aussi alarmant de sa part.

Trois jours se sont écoulés depuis la curieuse disparition d'Herbert, sans que l'enquête ne puisse apporter la moindre piste.

Ils vont désormais se pencher plus précisément sur sa vie privée et là, certains des témoignages de son entourage de la banque vont mettre en évidence son caractère volage.

D'après certaines déclarations, Herbert aurait eu de nombreuses aventures aussi bien avec plusieurs de ses collègues féminines que parmi le large cercle de ses connaissances.

Et cela aurait commencé depuis des années, on rapporte que certains bruits précisent particulièrement le nom de l'épouse d'un de ses amis comme une de ses anciennes relations.

Naturellement, la police va très vite connaître le nom de la personne qui n'est autre que Mathilde, l'épouse de son ami Jean-Charles de Prévoit.

Les enquêteurs vont tout d'abord agir avec discrétion, en entendant une à une des nombreuses personnes parmi ses relations et profitent de l'audition de Mathilde pour qu'elle affirme ou démente les ragots qui circulent à son égard.

Même si elle va tout d'abord nier avec insistance les dires des policiers, elle va très vite finir par admettre l'évidence, mais assure que cette aventure était finie depuis longtemps et qu'elle n'est pour rien dans cette disparition et qu'à aucun moment Herbert, ne lui ait fait part d'un tel évènement.

8

Au petit matin, dans les jardins du Grand Palais, notre personne amnésique émergeait avec difficulté de son sommeil, car malgré l'évident inconfort, il avait réussi à trouver un peu de repos et put quelque peu dormir.
Malgré la douceur de la nuit, il était engourdi et gisait dans un puissant marasme aussi bien physique que moral.
Il avait froid et il était affamé. Il savait parfaitement qu'il n'avait pas d'argent, mais il décida malgré tout de se rendre dans une brasserie et commanda un copieux petit déjeuner, car il n'en pouvait plus, il devait absolument se nourrir. Ensuite, il trouverait bien un moyen d'éluder le moment de payer la note.
Cependant, cette fois il se trouvait à l'intérieur du local et les choses allaient très vite se compliquer.
Dès qu'il eut avalé sa collation, comme la veille, il se leva et commença à se diriger furtivement vers la sortie.

Mais cette fois, le garçon l'interpella abruptement, sans le moindre ménagement.

— Hé vous là-bas ! On oublie de régler sa note ?

— Non ! Je reviens tout de suite, j'ai oublié mon argent !

— Ah non ! On ne me la fait pas, vous payez immédiatement ou j'appelle les Flics !

— Mais je vous dis que j'ai oublié mon portefeuille ! Patientez ! Je suis de retour dans cinq minutes et je vous règle.

— Pas question ! Ça commence à bien faire, je connais la chanson.

Le patron de la brasserie appela aussitôt la Police, qui ne tarda pas à arriver.

— Vos papiers Monsieur s'il vous plaît ! Ordonna l'agent.

Bien entendu, il n'en avait pas et ne sut que répondre.

— Quels sont votre nom et votre adresse ?

Complètement dépassé par les évènements, il finit par s'enfermer dans son mutisme.

— Très bien vous allez venir avec nous au Commissariat.

Il fut immédiatement conduit dans l'un des bureaux et sommé de s'expliquer.

Il décida de décrire à l'inspecteur toute son errance dans Paris depuis qu'il s'était retrouvé sur le parvis de Notre-Dame complétement amnésique.

Mais il était totalement incapable de décliner son identité, d'indiquer son adresse et de dire, comment il était arrivé là et la présence du couteau ensanglanté dans sa poche.

Les étonnantes explications laissaient le fonctionnaire perplexe et dubitatif, il ne croyait pas une seconde ces invraisemblables affirmations.

Il décida de le garder en rétention, et de faire venir un Médecin spécialiste pour essayer de savoir si l'homme mentait ou si c'était une simulation.

Une heure après, un psychiatre était là et essayait de confondre le suspect ou de prouver sa bonne foi, mais le Docteur conclut qu'il ne pouvait pas se prononcer et qu'il devait absolument être hospitalisé pour subir des examens neurologiques.

Les policiers le conduisirent immédiatement au service de neurologie de l'hôpital Saint-Joseph.

Pris en charge rapidement, il fut hospitalisé afin de subir toute une série d'examens et placé en isolement dans l'une des chambres.

Pendant toute la journée il allait endurer toutes sortes d'analyses physiques et neurologiques.

On décela très vite un violent coup à la tête, qui aurait peut-être pu être à l'origine de sa perte de mémoire.

Cependant, d'après les médecins, il allait devoir rester hospitalisé plusieurs jours encore pour approfondir les recherches.

L'éprouvante journée s'écoula et il allait enfin pouvoir se détendre dans sa chambre d'hôpital, et complètement épuisée et asthénique, il sombra dans

un profond sommeil, la nuit passa sans qu'il eût à déranger un seul instant les infirmières de garde.
Au petit matin, une assistante fit irruption dans sa chambre pour recueillir les habituelles données des constantes vitales.
— Monsieur ! Réveillez-vous ! On va vous prendre la tension.
Mais le patient ne manifesta aucune réaction.
— Allez ! Allez ! On a suffisamment dormi.
Elle lui prit son bras pour le secouer et poussa un cri.
Son corps était complètement froid. Elle quitta immédiatement la chambre, tremblante et s'empressa de prévenir l'infirmière.
Quelques minutes après, un médecin était là et ne put que constater son décès.
L'homme amnésique était mort.
Que s'était-il passé ? On fit part du malheureux évènement à la Police qui commença des recherches afin de connaitre l'identité de l'individu.
À l'hôpital, une enquête interne fut immédiatement menée dans le service, mais aucune défaillance ne put être constatée, de son côté, le juge allait ordonner une autopsie pour déterminer la cause de la mort.
Les policiers ne tardèrent pas à faire le rapprochement avec la curieuse disparition d'Herbert Berthier.
Lucie fut aussitôt contactée.
— Madame Berthier, nous avons peut-être du nouveau au sujet de votre mari, pourriez-vous venir au commissariat ?

— Oui bien sûr ! Mais que se passe-t-il ? Vous avez retrouvé mon mari ?

— Nous n'en sommes pas sûrs, vous devez venir, on vous expliquera tout !

Lucie, morte d'inquiétude appela son amie Mathilde pour qu'elle l'accompagne.

— Madame Berthier ! C'est un peu délicat ce que je vais vous annoncer !

Un homme amnésique a été hospitalisé et il est mort, mais nous ne connaissons pas son identité, nous aimerions que vous nous accompagniez pour reconnaitre le corps et nous dire s'il s'agit de votre mari !

Mon Dieu ! Non ! Ce n'est pas possible !

Lucie s'effondra folle de douleur et de son côté Mathilde était sidérée et anéantie.

— Mesdames ! Ne vous affolez pas, allons d'abord nous assurer de son identité, êtes-vous en mesure de nous accompagner à l'hôpital ?

— Attends Lucie, il vaut mieux que Jean-Charles vienne avec nous, tu ne penses pas ?

— Oui ! Tu as raison !

Mathilde, affolée, appela son mari, qui ne tarda pas à arriver au commissariat.

Puis ils prirent place dans la voiture de Jean-Charles et accompagnèrent le véhicule de police jusqu'à l'hôpital.

Lucie et les époux De Prévoit étaient accablés, ils ne pouvaient pas croire ce qui leur arrivait.

Jean-Charles faisait de son mieux pour soutenir moralement et physiquement les deux femmes qui, abattues, suivaient les policiers.

Arrivés au sous-sol, dans la salle d'autopsie, leur palpable angoisse était à son paroxysme. Le médecin qui se trouvait là sortit un corps recouvert d'un drap blanc d'un frigo mortuaire et le présenta sur le chariot roulant.

Le légiste souleva délicatement le drap pour découvrir sa tête.

Tous les trois se penchèrent sur le défunt.

— Non ! Ce n'est pas mon mari ! S'exclama Lucie.

Dieu soit loué !

Mathilde et Jean-Charles confirmèrent.

— Merci beaucoup ! Ajouta l'inspecteur.

Nous sommes vraiment désolés de vous avoir infligé une telle pénible expérience, mais votre identification était absolument nécessaire pour notre enquête.

Tous regagnèrent leur domicile avec une étrange sensation, tout d'abord avec un grand soulagement, car ce n'était pas Herbert, mais toujours aussi inquiets et angoissés sur son sort.

Désormais, pour la police, cela devenait une énigme de plus : qui était cet homme ? Et de quelle manière était-il mort ?

L'autopsie allait révéler qu'il avait été empoisonné. Le médecin légiste trouva une quantité énorme d'une curieuse substance inconnue dans son sang et avec certitude administrée la nuit précédente pendant son hospitalisation.

Ils allaient aussi très vite connaitre son identité : la personne se nommait « *Alexey Arteniev* », diplomate Russe et travaillait à l'ambassade de la Fédération de Russie, Boulevard Lannes à Paris.

9

En fin d'après-midi, Robert et Benoît sont de retour. Satisfaits de leur exaction, ils apportent quelques sandwichs et boissons à Herbert qui est au bord de la défaillance.
Camille les accompagne, ils ont pour intention de profiter de cette coquette et inespérée somme d'argent pour faire la fête dans les boîtes de nuit de la capitale. Certains qu'Herbert garderait une totale discrétion par intérêt, ils s'adonnent à de multiples brimades et humiliations et pour Camille qui tient là sa revanche, c'est le moment de se venger des sévices subis lorsque Herbert l'accompagnait la plupart du temps alcoolisé après les soirées où elle gardait la petite Alexia à leur domicile.
— Alors ! Mon petit Herbert ! On s'amuse bien ici

n'est-ce pas ! Mais on dirait que tu rigoles moins que lorsque tu m'accompagnes en voiture ? Je sais, ça manque un peu d'ambiance n'est-ce pas ? Attends, on va régler ça !
Robert ! Mets-nous un peu de musique, notre hôte a envie de nous faire la danse du ventre, je suis certaine qu'il va nous épater, en plus en petite tenue, il va nous ébahir !

Devant le refus d'Herbert de se ridiculiser, Camille insiste cette fois de façon plus drastique en lui intimant sa demande avec une autoritaire injonction.
— Tu as cinq secondes pour t'exécuter connard !
Sinon, tu vois cette ceinture ? Tu vas la sentir passer. Herbert, couvert de honte, esquisse quelques brefs et maladroits pas de danse.

— Bien ! Tu vois quand tu veux ? Maintenant, tu vas nous faire un petit strip-tease, n'est-ce pas mon Herbert ?
Devant son absolu refus, Camille lui assène un violent coup de ceinture qui le fait se tordre de douleur.
— Allez, à poil, j'ai dit ! Tu avais moins honte dans ta voiture !
Robert et son ami, qui assistaient jusqu'alors passifs et amusés, lui arrachèrent le reste de ses habits.
— Voilà, c'est mieux ! Tiens, bois ça, je suis sûr que l'exercice t'a donné soif ! Ordonne Robert en lui tendant un grand verre de Scotch.

— Tu vas voir, il est excellent ! Profites-en, c'est toi qui l'as payé !

Plusieurs heures vont passer et les brimades vont s'intensifier. Herbert est maintenant complètement ivre et tourmenté, il est dans une sorte de spirale sans fin, dans un hideux cauchemar dont il ne sait pas quand il va se terminer.

— J'ai une idée ! Ajoute Camille, je suis certaine qu'il veut venir avec nous à Paris.

— Pas vrai mon petit lapin ? Mais oui bien sûr, on t'emmène, tu ne vas pas rester tout seul dans cette baraque !

Herbert étourdi, fait mine de chercher ses vêtements.

— Non ! Tu es très bien comme ça, il fait très chaud, tu seras plus à l'aise, tu verras.

Robert et Benoît le trainent jusqu'à la voiture et tous les quatre prennent la direction de la capitale.

Arrivés Place de la Concorde, ils obligent Herbert à descendre du véhicule.

— Allez mon petit bonhomme ! Bonne promenade ! Et attention ! T'as intérêt à tenir ta langue, sinon tu sais bien ce qui arrivera !

Puis ils démarrent en trombe et disparaissent dans la nuit parisienne, laissant Herbert dans une embarrassante et scabreuse attitude.

Aussitôt, un soudain attroupement de curieux touristes éberlués présents sur la place, par cette douce soirée d'été, se forme autour d'Herbert qui, vergogneux, ne sait plus où se mettre.

Au vu du vaste et soudain afflux, la police ne tarde pas à faire son apparition et l'interpelle pour attentat à la pudeur. Herbert est immédiatement emmené au commissariat et sommé de s'expliquer.

Bien entendu, il déclare qu'il a été enlevé et détenu captif, mais il omet volontairement de donner la moindre information sur les ravisseurs et sur le lieu de sa détention, donnant comme allégation le fait qu'il n'a pas eu la possibilité de les reconnaitre.

Mais naturellement, il n'a pas oublié la mise en garde de Camille, qu'il sait déterminée et n'hésitera pas à rendre publique son inqualifiable conduite à son égard.

Très rapidement, le commissaire prévient Lucie qui, accompagnée de leurs amis, ne tarde pas à le rejoindre au poste.

Et c'est dans une indescriptible et délirante joie qu'Herbert est reçu par sa femme et ses amis, qui, enfin soulagés ont du mal à croire au moment qu'ils sont en train de vivre et qui n'arrivent pas à retenir leurs larmes.

Il est aussitôt assailli de questions auxquelles il sait pertinemment qu'il ne doit pas répondre s'il ne veut pas compromettre ses inavouables tromperies, et s'en tient aux mêmes vagues déclarations transmises chez le commissaire.

10

« Ambassade de Russie »

L'enquête ayant bien avancé sur la disparition d'Herbert, la Police se focalise désormais sur le cas du curieux décès du diplomate « Alexey Arteniev » qui semble inexplicable, car la rigoureuse enquête interne n'a pas permis de mettre en évidence ou de révéler la moindre erreur ou négligence du personnel soignant. Pourtant, d'après le légiste, l'attaché d'ambassade est bien décédé pendant la nuit, alors le commissaire envisage sérieusement l'intervention d'une personne étrangère à l'hôpital.

Dès lors, toutes ses fréquentations vont faire l'objet d'une minutieuse analyse et vérification.

Une quinzaine de jours avant, le diplomate Russe s'était rendu à un mystérieux rendez-vous secret dans une petite auberge située dans la forêt de « Fontainebleau » près de Paris, avec un haut fonctionnaire des services secrets Ukrainiens « Pavio Erminov ».

Le but évoqué de cette rencontre était des discussions informelles concernant les récents évènements de la région de Crimée.

Cependant, le véritable motif du rendez-vous, n'était pas de discuter, mais de procéder à l'enlèvement de « Alexey Arteniev » et ainsi essayer de faire pression sur les autorités Russes.

Le diplomate accompagné de son chauffeur, n'a pas le temps d'arriver à destination : leur véhicule est intercepté par deux puissants 4x4 dans la forêt, sur la petite route qui mène à l'auberge.

Les hommes de « Lerminov » n'ont aucune difficulté à arraisonner le véhicule « d'Arteniev » sur ce modeste accès à peine fréquenté.

Le chef du commando descend de son puissant véhicule, et se dirige rapidement vers la berline, puis sans la moindre sommation, ouvre la portière du chauffeur et l'extrait sans le moindre ménagement, puis d'un geste assuré s'empare de son pistolet coincé dans sa ceinture et fait feu sur le malheureux employé qui s'écroule dans le talus mortellement blessé.

« Arteniev », abasourdi, est aussitôt extrait à son tour et embarqué dans l'un des 4x4. Quant au cadavre du chauffeur, il est placé dans le coffre de sa berline et un des hommes prend le volant.

Les trois véhicules se dirigent maintenant vers un chemin qui s'enfonce profondément dans les bois puis, arrivés dans une petite clairière, ils abandonnent le véhicule diplomatique avec le cadavre du chauffeur dans le coffre et y mettent le feu.

Les deux véhicules repartent en direction de Versailles où les hommes de « Lerminov » ont loué une modeste villa isolée sur la route de « Buc ».

Là, ils vont séquestrer « Arteniev » en attendant les négociations avec les autorités Russes.

Très vite « Pavio Lerminov » va se mettre en relation avec l'Ambassadeur et lui proposer un marché.

L'ouverture de négociations sur le retrait des troupes Russes du territoire de « Crimée » en échange de la libération de « Alexey Arteniev ».

Le Diplomate a naturellement contacté les plus hautes autorités de son Pays, qui n'ont pas hésité une seconde à transmettre leur plus rutilent et catégorique refus.

— La Russie ne négocie jamais avec un quelconque

 ravisseur et ne cédera à aucune intimidation ou chantage, déclare l'Ambassadeur.

Pour les ravisseurs, ce fut un véritable un coup de semonce, ils savaient dès lors qu'ils n'obtiendraient pas la moindre bribe d'espoir de pouvoir arriver à leur fin par de tels moyens. Les Russes étaient totalement intraitables sur le sujet.

Dès lors, que faire de l'encombrant « Arteniev » ? Peu de solutions s'offraient désormais à eux, l'épilogue semblait désormais écrit d'avance : il fallait s'en débarrasser discrètement dans les plus brefs délais.

Dans la villa des environs de Versailles, le diplomate est maintenu séquestré pendant quelques heures, le temps pour « Lerminov » de connaître les ordres de ses supérieurs.

Dans l'impossibilité d'arriver à une solution négociée avec les Russes, l'ordre formel de le faire disparaître est donné par la hiérarchie. À partir de ce moment, le sort d'« Arteniev » est définitivement scellé.

Les hommes de « Lerminov » vont s'évanouir et quitter le territoire Français par un vol régulier de « Ukraine international Airlines », quant à « Pavio Lerminov », il restera à Versailles pour terminer la macabre besogne. Ensuite, il pourra sans peine se réfugier dans l'ambassade de son pays située rue de Saxe, dans le septième arrondissement.

Mais les choses ne vont pas se dérouler comme prévu. Dans sa chambre, « Arteniev » a finalement réussi à défaire les liens qui entravaient ses mains et ses pieds et lorsque l'attaché d'ambassade pénètre dans la pièce, armé d'un couteau pour perpétrer son crime, dans un élan désespéré pour sauver sa vie, il va se jeter sur lui et réussir à le désarmer et le faire chuter sur le sol.

Une terrible et furieuse bagarre s'engage alors entre les deux hommes qui s'empoignent et s'assènent de violents coups tour à tour.

À un certain moment, « Arteniev » est brutalement projeté en arrière et sa tête cogne avec force le coin d'un meuble, ce qui le fait s'écrouler sur le sol, à moitié assommé.

« Lerminov » se précipite aussitôt sur lui, brandissant le couteau qu'il a réussi à ramasser, mais dans un sursaut, « Arteniev » lui flanque un brusque coup de pied sur la main qui lui fait lâcher son arme. Il finit par se relever, ramasse le couteau et le plante dans la poitrine de « Lerminov » qui s'écroule de tout son long sur le parquet.

« Arteniev » range machinalement le couteau dans la poche de sa veste et quitte précipitamment les lieux. Il ressent une insupportable douleur à la tête, conséquence du violent coup qu'il a reçu lors de sa projection contre le meuble pendant la rude empoignade. Il descend la rue jusqu'au centre-ville et rejoint la gare du RER qu'il emprunte jusqu'au terminus « Gare des Invalides » à Paris.

Pendant un temps il erre dans les rues. Sa tête devient de plus en plus douloureuse et sa mémoire s'évanouit par moments. Il continue sa déambulation maintenant sans savoir où il va.

Le soir tombé sur la capitale, fourbu et épuisé, il s'allongea sur le muret des massifs de l'esplanade de Notre-Dame et, exténué, finit par s'endormir profondément.

11

Après un long et interminable interrogatoire, Herbert, accompagné de son épouse Matilde, regagnèrent enfin leur domicile, mais les épreuves et les ennuis n'allaient pas se terminer pour lui car la Police n'allait pas se contenter de ses vagues et évasives explications au sujet de son enlèvement.

De toute évidence, Herbert leur cachait quelque chose, c'était certain et le commissaire était bien décidé à élucider la mystérieuse raison pour laquelle il mentait. Manifestement, un mystérieux secret turpide ou inavouable se cachait dans sa vie et il était bien décidé à le découvrir. C'était plus qu'un défi et il allait se faire un devoir d'élucider et de faire toute la lumière sur cette affaire.

Mais que pouvait cacher Herbert ? Pour le commissaire « Gerbier », quelque chose de déshonnête ou licencieux devait se clapir dans son intimité.

— Ce mec n'est pas clair, quelque chose me dit que nous allons avoir des surprises ! Confie-t-il à son équipe.

À partir de ce moment-là, le moindre pan de la vie d'Herbert va être analysé et profondément sondé à la recherche du plus infime élément ou détail, aussi bien dans sa vie privée que professionnelle.

Très vite, on va découvrir son ancienne liaison avec Mathilde, l'épouse de son ami Jean-Charles.

— Convoquez-moi Mathilde De Prévoit, je veux l'entendre pour voir ce qu'elle peut nous apprendre au sujet de cette relation.

Mais soyez discrets pour le moment, nous verrons plus tard ce que son mari sait à ce sujet.

Mathilde va être contactée discrètement et convoquée pour une rencontre informelle avec le Commissaire Gerbier. Étonnée par cette démarche, Mathilde se rend malgré tout au commissariat et est aussitôt reçue par Gerbier qui lui demande quel genre de relation elle entretient avec Herbert Berthier.

Mathilde va tout d'abord nier farouchement avoir eu la moindre relation désinvolte ou indécente avec Herbert et affirmer que c'étaient de simples contacts amicaux avec le couple Berthier sans autres ambigüités, mais à mesure que le temps passe, elle finit par avouer qu'elle avait eu à un moment des relations intimes avec Herbert, plus précisément depuis le début de leur idylle initiée lors de vacances communes en Grèce il y a de cela quatre ans.

— Très bien, nous n'avons rien à vous reprocher à ce sujet, vous avez tout à fait le droit de voir qui vous semble, mais avez-vous quelque chose à nous dire sur l'enlèvement et la séquestration de votre ancien amant ?

— Non bien entendu, je ne suis au courant de rien, comment le serais-je ?

— C'était une simple question !

— Et votre mari, avait-il des soupçons au sujet de votre relation avec son ami Herbert ?

— Non ! Bien sûr que non ! Jean-Charles ne s'est jamais douté de rien, bien entendu.

— Comment aurait-il réagi s'il l'avait su ?

— Franchement, je n'en sais rien, je pense qu'il n'aurait pas accepté la situation c'est certain.

— Et s'il avait su pour vous deux, pensez-vous qu'il aurait pu s'en prendre à Herbert ? Non ! Quelle idée ? Mon mari n'est pas un violent,
il n'aurait jamais pu faire le moindre mal à son ami, les choses se seraient réglées certes avec des conséquences, mais en aucun cas par la violence, c'est hors de question, je suis catégorique, je peux vous l'affirmer.

— Bien ! Soyez tranquille, vous pouvez rentrer chez vous, merci pour votre franchise.

— Merci Commissaire, si vous pouviez m'assurer votre discrétion !
— Nous ferons notre possible madame De Prévoit.

12

A Versailles, « Lerminov » git toujours allongé sur le sol de la villa, mais par fortune pour lui, la blessure au thorax assénée par « Alexey Arteniev » n'est que superficielle, la lame du couteau ayant buté sur une côte a évité que l'arme n'atteigne un organe vital, seule la force du choc lui a fait perdre connaissance.
Il commence peu à peu à retrouver ses esprits et à sortir de son atonie. Il s'aperçoit alors que « Arteniev » s'est échappé, ce qui le met hors de lui : il a lamentablement failli à sa mission. On n'allait pas lui pardonner, non, pas à lui, considéré comme le meilleur des meilleurs.
Alors une seule solution s'offrait désormais à sa personne : retrouver au plus vite « Arteniev » et l'éliminer par n'importe quel moyen. Dans le cas contraire les conséquences seraient désastreuses.

Après quelques jours à chercher dans les lieux les plus divers de la capitale, il allait enfin apprendre que le diplomate avait été retrouvé errant, souffrant d'amnésie et conduit à l'hôpital Saint-Joseph.

Pour lui, le chemin commençait à s'éclaircir, car il supposait qu'il n'avait pas réussi à révéler la moindre information à la police. Il suffirait dès lors qu'il l'élimine avant qu'il puisse retrouver la moindre mémoire.

Il ne lui restait qu'un seul problème, mais il était de taille : comment parvenir jusqu'à lui ?

Si arriver à le trouver allait certainement lui poser des difficultés, la façon de l'éliminer était toute trouvée.

Comme tout bon espion qui se respecte, il avait en permanence sur lui une minuscule fiole d'un puissant produit létal qu'il suffisait d'ingérer et la mort survenait dans les secondes qui suivaient.

« Lerminov » allait désormais s'atteler à trouver le moyen de pénétrer dans l'hôpital et arriver jusqu'à sa chambre sans se faire repérer par le personnel soignant. Le soir venu, « Lerminov » longe la rue *« Pierre Larousse »* le long de la grille extérieure jusqu'à une section en rénovation fermée par un simple grillage de travaux provisoire.

Il n'a aucun mal à pénétrer à l'intérieur de l'enceinte de l'hôpital.

Revêtu d'une tenue d'ambulancier, il se rend directement au service de neurologie qu'il a parfaitement repéré sur un plan des lieux et enfile une blouse blanche arborant un badge rouge de médecin qu'il avait emmené avec lui.

Puis il parcourt ainsi les interminables couloirs sans le moindre souci et arrive enfin à la chambre occupée par « Arteniev », celui-ci, profondément endormi, ne put s'apercevoir à aucun moment de sa présence et « Lerminov » injecta aussitôt le mortel contenu de la seringue qu'il avait préparé.

Le diplomate entrouvrit les yeux un instant et sans prononcer le moindre mot, son corps se tordit de puissants soubresauts, puis asthénique il demeura amorphe et sans vie.

« Lerminov » abandonna tranquillement les lieux par le même chemin sans la moindre inquiétude, son honneur était sauf et sa sinistre mission accomplie.

13

Le commissaire Gerbier allait continuer à s'intéresser de très près aux proches de la famille ainsi qu'aux nombreux amis et il n'allait pas abandonner la piste des deux anciens amants, car son expérience lui enjoignait de creuser cette voie.

Effectivement, Jean-Charles ainsi que les époux Tournier avec lesquels ils avaient partagé les vacances en Grèce furent convoqués un à un.

Dans un premier temps, Jean-Charles fut auditionné et questionné sur le genre de rapports qu'il entretenait avec son ami Berthier.

— Herbert est de loin mon meilleur ami !
Nous nous connaissons depuis longtemps et avec nos épouses, nous partageons la plupart des loisirs, y compris les vacances que nous passons généralement en groupe avec quelques autres connaissances.

C'est vraiment un type excellent et ami sincère, je le considère presque comme un frère.

— Avez-vous déjà eu à subir quelque différend où désagrément avec votre ami dans le passé ?

— Là je suis catégorique, nous n'avons jamais eu le moindre déboire ou contrariété, comme je vous l'ai dit, nous sommes les meilleurs amis au monde et cela depuis toujours.

— Et du côté de vos épouses, c'est la même entente cordiale ?

— C'est plus que cela, ce sont de vraies confidentes, elles sont inséparables.

— Très bien ! Alors c'est parfait, nous allons en rester là pour le moment, vous pouvez disposer nous sommes désolés du désagrément, mais nous devons suivre la procédure.

— Je vous en prie commissaire, ne vous disculpez pas, je comprends parfaitement, mon désir ainsi que celui de tous nos amis est de pouvoir retrouver « notre » Herbert heureux et enjoué comme toujours.

Le lendemain, le commissaire Gerbier convoqua Jean-Pierre Tournier, le mari du troisième couple qui les avait accompagnés en Grèce.

— Monsieur Tournier, que pouvez-vous nous dire sur votre ami Herbert ?

— A vrai dire, pas grand-chose de spécial : nous sommes de très bons amis et nous partageons un grand nombre de choses, nous avons les mêmes idées politiques et des points de vue semblables dans la vie et une insatiable passion pour le Golf.

— Je vois ! Je suppose qu'entre bons amis vous

devez échanger des confidences plus ou moins intimes ?

— Oui bien entendu cela arrive, c'est presque inévitable entre amis proches !

— Monsieur Tournier ! Je vais maintenant vous poser une question bien précise ! Que savez-vous de la relation de votre ami Herbert et de Mathilde de Prévoit ?

— Eh bien c'est très délicat, mais effectivement je suis au courant de leur brève histoire, elle n'est pas nouvelle, elle date de quelque temps déjà.

— Quelque temps ! Vous dites ! De quand exactement ?

— Cela fait tout juste quatre ans ?

— Bien ! Et comment pouvez-vous être aussi catégorique ?

— C'est très simple, j'ai été le témoin du début de leur idylle.

— Pouvez-vous m'en dire plus ?

— Oui bien sûr, c'était il y a quatre ans au mois d'août, nous sommes partis en vacances en Grèce, nous étions trois couples : les De Prévoit Jean-Charles et Mathilde, les Berthier Herbert et Lucie et mon épouse Catherine et moi-même. Lors d'une excursion pour visiter les îles, seulement Berthier, Mathilde et moi y sommes allés. Les autres sont restés pour profiter de la plage. C'est sur le Ferry qu'ils ont fait plus intime connaissance. Je me souviens parfaitement, cette année-là Mathilde était particulièrement aguichante.

— Aguichante ? Que voulez-vous dire ?

— Pendant tout l'été elle s'était montrée très affriolante et excessivement débridée et impétueuse avec les hommes, je ne sais pas si c'était le fait du soleil ou quoi d'autre mais elle était très provocante.

Mais c'est lors de l'excursion que leur aventure a commencé, puis de retour à Paris, elle a duré quelques mois je crois !

Bien entendu, Jean-Pierre omis de signaler son bref mais ardent et fougueux passage à l'hôtel avec Mathilde de la veille.

— Et Monsieur De Prévoit et Madame Berthier étaient-ils au courant ?

— Non ! absolument pas ! Enfin je ne pense pas. Non ! À vrai dire j'en ai la certitude, il m'en aurait parlé, c'est certain.

Le commissaire Gerbier était dubitatif, de toute évidence, quelqu'un lui cachait la vérité, quelque chose sonnait faux. Il y avait forcément un détail qui lui échappait c'était certain, à moins que la vérité ne se trouve ailleurs.

Avait-il négligé d'autres possibles pistes ? Il allait réfléchir et élargir les recherches à un cercle plus important des possibles fréquentations ou connaissances, aussi bien parmi les nombreux amis personnels que professionnels.

Car le mutisme d'Herbert qui prétendait n'avoir aucun souvenir de la personne qui l'avait agressé, prétendant être dans l'impossibilité de la reconnaitre et de n'avoir pas la moindre idée du lieu où il avait été retenu et séquestré, lui semblaient invraisemblables.

Herbert cachait quelque chose, c'était certain, mais quoi ? Et pour quelle raison ?

C'est l'exploitation des enregistrements des caméras des différents distributeurs de billets dans lesquels avaient été utilisées les cartes bancaires d'Herbert, qui allaient finalement permettre d'orienter les enquêteurs sur une nouvelle piste inattendue.

On y découvre un jeune homme d'une vingtaine d'années dont le visage est totalement inconnu de la police.

Qui est cet homme ? Il n'est visiblement pas seul, on aperçoit à chaque fois un autre personnage à ses côtés mais complètement méconnaissable car placé toujours en retrait et flanqué d'une capuche de survêtement qui cache complètement son visage.

« Capture de la caméra d'un distributeur »

14

Chez les Berthier, Lucie assaille de questions son mari Herbert.

— Mais chéri ! Tu n'as pas le moindre souvenir d'un petit détail qui pourrait te donner une piste sur tes ravisseurs ?

— Non désolé ! Je n'ai rien remarqué, tu sais, ça s'est passé tellement vite et ensuite ils étaient tous masqués, impossible de les reconnaitre.

— Mais ils étaient combien ?

— Deux je crois ! En tout cas je n'en ai pas vu d'autres, je suppose seulement qu'ils devaient être jeunes, d'après leur attitude, enfin c'est mon impression.

— Et pourquoi penses-tu qu'ils se soient pris à toi ?

— Je ne vois aucune raison particulière, je suppose que c'était pour me dépouiller de mon argent c'est tout.

— Mais cet enlèvement en plein Paris et avec une telle multitude de passants c'était particulièrement osé de leur part, tu ne crois pas ?

— Si, bien sûr ! Mais tu sais ! Aujourd'hui, certains malfrats ne reculent devant rien.

— Oui c'est certain ! Chéri tu m'as fait une de ces peurs. Et toi ! Tu vas bien ?

— Oui chérie maintenant que je t'ai retrouvée ça va beaucoup mieux, je vais essayer d'oublier ce traquenard.

— Tu sais chéri on devrait sortir, ce n'est pas très sain de rester cloîtré à la maison, ça te changerait les idées tu ne penses pas ?

— Si tu as sûrement raison !

— Nous pourrions inviter les De Prévoit, qu'est-ce que t'en penses ?

— Très bonne idée, après tout, nous leurs devons bien cela, après le fiasco de la soirée du théâtre.

— Oui ! Et puis ils se sont magnifiquement conduits avec notre petite Alexia et avec moi, ils ont toujours été présents, je ne sais pas ce que nous serions devenues sans eux.

Je vais appeler Mathilde pour caler une soirée au plus vite. On confiera Alexia à Camille comme d'habitude.

— Attends chérie ! J'aimerais bien que l'on cherche une autre « Baby-sitter » je ne suis pas tranquille avec Camille.

— Ah bon ! Mais pourquoi ? Je croyais que tu

l'aimais bien, tu l'as toujours appréciée, tu n'arrêtais pas de lui faire des compliments.
Tu as constaté quelque chose de bizarre chez elle ?
— Je ne sais pas ! Mais j'ai un pressentiment, je ne suis plus tranquille.
— Écoute ! C'est comme tu veux, en ce qui me concerne, je n'ai rien à lui reprocher, mais si tu veux être rassuré nous allons demander quelqu'un d'autre à l'agence, j'espère qu'Alexia va bien s'entendre avec la nouvelle.
— Ne t'en fais pas pour ça, je suis certain qu'elles deviendront très vite de vraies complices, je n'en ai pas le moindre doute.

15

Chez les De Prévoit, Jean-Charles semblait un tant soit peu pensif et quelque peu dubitatif. Il trouvait Mathilde anormalement distante et renfermée, quelque chose semblait la tracasser, c'était certain, cet évènement avec Herbert l'avait bouleversée, elle ne réagissait plus comme d'habitude. Cette histoire l'avait visiblement touchée, car si son aventure avec Herbert était finie depuis longtemps, elle avait toujours gardé dans son esprit, un fort attachement pour lui.
Bien entendu, nous en avions tous souffert, mais chez elle, il semblait visiblement y avoir autre chose.
Pourtant d'un naturel confiant et ouvert, Jean-Charles commençait à se poser des questions : se pourrait-il qu'une nouvelle historie entre Mathilde et son ami Herbert soit arrivée? Cette question revenait par moments à son esprit, même s'il s'attelait de toutes ses forces à l'écarter.

Il ne comprenait pas et Mathilde ne semblait pas l'aider, se murant dans un énigmatique mutisme, ce qui rendait Jean-Charles complètement désarmé et aboulique.

De toute évidence, quelque chose la tourmentait, elle qui était toujours d'une ravissante humeur et cela depuis qu'ils s'étaient connus en Bretagne, il y a de cela huit ans à l'occasion du mariage d'un de ces cousins, et qu'ils avaient eu un véritable coup de foudre et puis leur mariage deux ans après et la naissance de leur premier enfant Jean-Yves qui les avait comblés, sans compter leur flamboyante réussite dans la vie professionnelle de Jean-Charles, lorsqu'il monta sa maison d'édition et que Mathilde faisait réalité son rêve de toujours : posséder une galerie d'art dans les meilleurs quartiers de Paris.

Et puis tous leurs amis et connaissances qui gravitaient autour d'eux et pour qui elle avait toujours un aimable geste et un sourire.

C'est les échos qui parvenaient de son cercle d'amis, qui le firent définitivement douter de la sincérité de son épouse.

Au début, il s'interdisait de porter la moindre attention aux mauvaises langues qui rapportaient des ragots ou qui calomniaient sans vergogne à tour de bras tout ou n'importe quoi ou n'importe qui, ce qui était chose courante et devenue un véritable passe-temps des riches veuves ou fortunées célibataires qui gravitaient dans les cercles huppés de la capitale.

Mais quelques détails plus précis finirent par interpeler Jean-Charles et allaient alimenter chaque jour un peu plus son incertitude et ses suspicions.
Parmi les potins et les on-dit qui étaient parvenus à ses ouïes, il y en avait un qui le mettait hors de lui.
— Il paraît que la petite Caroline, sa dernière ne ne serait pas sa fille, elle ne serait pas de lui !
— Oui et puis Berthier ne manque pas une occasion de se retrouver seul avec Mathilde.
— Ça ne m'étonnerait pas qu'il soit le père, d'ailleurs je trouve qu'elle lui ressemble comme deux gouttes d'eau.
Jean-Charles ne savait plus comment réagir à ces incessantes médisances qui le tourmentaient.
Mais d'un autre côté, quel rapport avec l'enlèvement de Berthier ? Lui, il savait qu'il n'avait rien fait ou commandité, alors que se passait-il, qui pourrait-il être derrière tout cela et puis était-on certain que l'agression d'Herbert eût une quelconque connexion avec ces méprisantes rumeurs, et dès lors, comment aborder le problème ?
Jean-Charles ne savait plus comment réagir et ce qu'il devait faire. Tout se télescopait dans sa tête.
Que fallait-il faire ? Tout déballer à Mathilde et à Herbert au risque d'anéantir d'un seul coup son ménage et son amitié sur une simple médisance ou calomnie, ou garder tout cela pour lui et passer pour un berné et déshonoré ?
Oui, quelle était la bonne attitude à suivre ?

Il décida d'y réfléchir quelque temps avant de prendre une décision.

Il allait attendre que l'affaire de l'enlèvement de son ami soit résolue ou tout du moins éclaircie, il aurait certainement dès lors plus de facilités pour prendre une décision.

16

Le commissaire Gerbier commençait maintenant à avoir quelques cartes en main : son équipe avait réussi à identifier l'un des jeunes grâce aux images des caméras qui allaient permettre une reconstitution faciale et donner l'identité de l'individu « Robert Tournier », petit escroc notoire connu de la police pour quelques vols avec violence et fortuitement le petit ami de Camille la « baby-sitter » habituelle des Berthier.

Dès lors, une possible connexion allait pouvoir s'échafauder entre cet individu et les évènements subis par Herbert.

Quelque chose allait enfin permettre d'établir une certaine corrélation et un lien évident avec les délictueux événements. Le jeune délinquant « Robert

Tournier » fut rapidement interpelé et entendu par les hommes du commissaire Gerbier.

Exposé aux flagrantes preuves, il ne tarda pas à avouer les faits et à dénoncer ses deux complices, Benoit et Camille, accusant cette dernière comme l'instigatrice du plan d'enlèvement et de séquestration d'Herbert Berthier, alléguant comme motif les affligeants et répétés sévices qu'elle avait subi de sa part pendant de longs mois.

Les deux complices furent rapidement interpelés et entendus par les policiers.

Benoit, considéré comme simple suiveur, ne retint pas outre mesure, l'attention des fonctionnaires, mais pour Camille ce fut autre chose : elle allait devoir s'expliquer et rendre compte des raisons qui l'avaient conduite à perpétrer les délictueux agissements.

Camille énuméra alors les innombrables et répétés actes et agressions sexuelles de la part de Berthier, presque à chaque fois qu'elle s'occupait de la petite Alexia comme « Baby-sitter » lorsque les Berthier sortaient le soir et qu'Herbert la reconduisait à son domicile en voiture.

C'est à ce moment que Berthier profitait de l'occasion où ils se trouvaient seuls dans son véhicule avec Camille pour s'adonner à des illicites et inexcusables gestes envers Camille.

Elle n'avait jamais osé le dénoncer à son épouse Lucie, par peur de perdre son travail, mais cette fois c'était trop, elle allait échafauder un plan pour se venger de lui et par la même occasion lui soutirer de l'argent.

C'est alors qu'elle eut l'idée de l'agression et l'enlèvement, sachant parfaitement que Berthier ne se risquerait pas à la dénoncer.

17

La dépouille « d'Alexey Arteniev » allait rapidement être remise aux services de l'ambassade de Russie, c'était désormais une affaire qui serait gérée par les services secrets de la chancellerie.

Les autorités françaises étaient pour tout dire satisfaites et soulagées de se débarrasser d'une bien encombrante affaire qui ne pouvait que leur attirer des polémiques et critiques des différents belligérants.

Le corps fut rapidement rapatrié à Moscou où une enquête fut aussitôt diligentée, qui allait de nouveau affecter les rapports déjà désastreux et irréconciliables avec les autorités Ukrainiennes.

Pour le commissaire Gerbier, ce fut également une véritable délivrance : il s'en était parfaitement sorti sans la moindre critique ni improbation aussi bien de sa hiérarchie que des parties impliquées.

Les dirigeants de l'hôpital Saint-Joseph furent aussi mis hors de cause et aucune faute ou manquement ne put leur être incriminée, car les preuves de la mort par empoisonnement du diplomate par une substance inconnue en France avait été faite ainsi que la présence et l'intrusion dans l'enceinte de l'établissement par une personne étrangère au service avait été prouvée par les images de plusieurs caméras.

La police parisienne fut également chaleureusement remerciée pour sa compétence par la Chancellerie de la Fédération de Russie.

18

Le commissaire Gerbier, avait magnifiquement mené les investigations concernant l'assassinat d'Arteniev, il allait désormais diriger tous ses efforts et mettre toutes ses forces disponibles sur le cas « Herbert Berthier ».

Accompagné de ces hommes, il allait pouvoir faire le point sur les éléments en sa possession et essayer d'établir un plan logique pour mener ses investigations.

— Voyons, qu'avons-nous de concret ?

Tout d'abord Berthier, agressé et retenu captif, qui visiblement a subi des coups et brimades à répétition, qui a finalement été relâché complètement nu en plein Paris et à qui on a extorqué une importante somme d'argent en l'obligeant à donner ses codes de cartes bancaires, le tout perpétré selon un plan imaginé par Camille et exécuté avec l'aide de deux complices, son petit ami Robert et son copain Benoit.

D'un autre côté, Herbert Berthier, qui, selon les dires de sa « Baby-sitter » Camille, aurait exercé sur sa personne des actes graves et répréhensibles à caractère sexuel et cela à maintes reprises, dans des circonstances aggravantes, puisque perpétrées dans son véhicule sans que Camille ne puisse ni se défendre ni s'échapper et qui plus est, menacée de perdre son unique travail.

— Oui, effectivement ! Répliqua l'un de ses hommes. Nous savons aussi qu'Herbert a entretenu des relations avec Mathilde, l'épouse de son ami Jean-Charles, il y a de ça quelques années, d'après la déclaration de Jean-Pierre Tournier.

— Effectivement, mais ce domaine ne semble pas en relation avec notre affaire crapuleuse, enfin c'est mon avis, mais effectivement nous ne devons rien négliger, nous devons l'avoir à l'esprit.

Désormais, l'enquête ne pouvait plus rester discrète elle allait forcément être révélée et éclater au plein jour, ce qui allait tout naturellement éclabousser dans un premier temps la famille Berthier et assurément par la suite les De Prévoit et inévitablement compromettre la réputation des deux familles.

Comme prévu, un véritable cataclysme allait éclater au sein du couple Berthier, Herbert et Camille furent les premiers à être convoqués au commissariat pour une confrontation, à la suite de laquelle on leur signifia une garde à vue de quarante-huit heures, puis ce fut le tour de Robert et Benoit, les deux complices et en dernier lieu on fit venir Lucie pour l'entendre sur ce qu'elle pouvait savoir sur les faits rapportés par Camille au sujet de son mari.

Celle-ci tomba des nues, ne sachant que dire. Elle n'avait rien constaté d'anormal dans le comportement d'Herbert, même si elle connaissait son penchant pour les femmes, jamais elle n'aurait imaginé une seconde qu'il eut pu s'en prendre à Camille, leur « Baby-sitter » attitrée depuis la naissance de leur fille Alexia.

Naturellement Herbert fut assisté par son avocat, quant à Camille et ses deux complices, on leur en attribua un d'office.

La confrontation des trois jeunes avec Herbert n'apporta rien de nouveau, chacun campa sur les premières déclarations.

Pour le commissaire Gerbier et les avocats, ce fut un véritable casse-tête car visiblement, les torts étaient partagés : chacun avait quelque chose à se reprocher.

Les avocats proposèrent une solution arrangée pour sortir du dilemme. Pour tout dire, le commissaire Gerbier semblait aussi être favorable à une solution à l'amiable, mais il n'avait pas l'attribution d'accorder une telle ordonnance, seul un juge pouvait convenir d'un tel aménagement.

Pour qu'une telle solution soit possible, il fallait que tous les quatre soient mis en examen et déférés devant le juge qui statuerait alors sur leur sort.

Les avocats acceptèrent cette solution arrangée et le commissaire Gerbier agit en conséquence.

Le juge ordonna alors un verdict qui convint chacune des parties : Camille accepta de ne pas donner suite en contrepartie des sommes d'argent qu'ils avaient retiré des distributeurs, quant à Herbert il allait s'accommoder des nombreux désagréments qu'il avait subi.

Ainsi, chacun allait y trouver son compte et éviter de longs mois d'investigations et un procès qui allait avec certitude leur couter bien de déboires, sans compter l'aspect pécuniaire non négligeable.

Les arrangements allaient être plus problématiques concernant son épouse Lucie, même si elle n'allait pas aller jusqu'au divorce, par désir de préserver leur enfant mais aussi des intérêts propres, plus pragmatiques et plus terre à terre et peut-être aussi plus arrangeants pour elle, cependant, elle allait désormais garder un œil plus attentif sur lui et peut-être effectuer une surveillance et un contrôle plus assidu de ses faits et gestes.

19

En fouillant dans la vie privée des deux couples, le commissaire Gerbier allait tomber sur une étonnante affaire concernant Lucie.

Quelques années auparavant, Lucie Berthier avait été soupçonnée par sa banque, de curieuses transactions et mouvements de fonds sur certains comptes dont elle avait la responsabilité, mais à l'époque, une enquête interne n'avait pas réussi à révéler une quelconque irrégularité. Dans cette affaire, un autre nom était apparu à côté du sien, « Lucas Saurin », et selon les enquêteurs, cet homme aurait été son l'amant depuis des années, mais pour l'un comme pour l'autre, mis à part leur relation extraconjugale, rien de condamnable ne pouvait leur être reproché.

Lucas Saurin n'était pas un inconnu pour Lucie, loin de là, puisqu'il était tout simplement son ami d'enfance, et ils avaient toujours entretenu d'étroites relations au début comme de bons copains au Collège et au Lycée où ils eurent quelques amourettes dans leur jeunesse, pour finir en d'ardentes relations à la Fac, et c'est à cette époque que leurs sentiments amoureux finirent par se révéler avec ardeur et allaient persister, y compris après le mariage avec Herbert.

Lucie avait commencé à fréquenter Herbert, un jeune homme propre sur lui et de surcroît de bonne famille qui plus tard, allait devenir son mari.

Cependant, elle n'avait jamais pu renoncer à Lucas dont elle était profondément éprise, et qui lui apportait cette nécessaire part d'impétuosité et de douce folie qui la faisait frémir.

Même si elle savait parfaitement qu'elle ne pourrait jamais construire quelque chose de durable car sa vie était trop hétéroclite et tourmentée, il complétait à la perfection celle que lui offrait Herbert.

Lucas Saurin était un jeune homme né dans une modeste famille de la proche banlieue parisienne, le cadet de quatre enfants, tous des garçons, qui vivaient, ou plutôt survivaient, dans un modeste appartement avec leur mère, le père étant décédé d'un accident de travail dans l'usine d'automobiles qui l'employait lorsque Lucas avait à peine trois ans.

Son grand frère avait fini en prison pour vols à répétition et le second eut aussi des nombreux déboires avec la police, partageant les périodes d'internement en Maison de Correction et le reste du temps livré à lui-même.

Leur mère ne pouvant pas s'en occuper par manque de temps car elle était la seule à subvenir aux besoins de toute la famille en cumulant les petits boulots, caissière dans un supermarché pendant la journée et faisant des ménages le soir, pour arriver avec grande peine à boucler les fins de mois.

Par chance, les deux derniers, Jean et surtout Lucas, faisaient preuve d'intérêt pour les études.

Jean allait s'arrêter à un CAP d'électricien, mais Lucas visiblement plus doué accéda avec quelques difficultés à la Fac et suivi avec labeur et acharnement des études pour une carrière bancaire qui, par manque de bases insuffisantes, ne conclut jamais.

Lucie, quant à elle était plus privilégiée : ses parents vivaient dans un magnifique pavillon, non loin du modeste appartement des Saurin, mais dans un tout autre environnement, une jolie zone pavillonnaire cossue et tranquille où elle allait naître et passer toute son enfance, fréquentant la même École primaire et plus tard le même Lycée que Lucas, car les deux zones appartenaient au même découpage géographique concernant la scolarité.

La famille Tournier faisait partie de la petite bourgeoisie Parisienne : le père avait fait toute sa carrière dans la banque, et sa mère, femme au foyer, s'occupait avec bonheur et assistance de sa fille Lucie qu'elle câlinait et protégeait du moindre petit malheur ou contrariété.

Ce fut tout d'abord à l'école communale que Lucie connut Lucas, « son fiancé » comme elle disait depuis le haut de ses quatre ans, puis ils allaient suivre ensemble toutes les étapes des classes jusqu'à l'accès au Lycée situé juste à côté. Là maintenant devenus des « ados », ils allaient se côtoyer et avoir les prémices des premières amourettes d'écolier, puis ce fut le BAC qu'ils réussirent tous deux, Lucie avec brio et mention et tout juste la moyenne pour Lucas.

Néanmoins, ils purent s'inscrire tous deux à la Fac, que Lucas allait très vite abandonner, mais ce fut à cette période qu'ils devinrent inséparables et amoureux, se retrouvant tous les jours dans le petit appartement que Lucas partageait avec deux autres copains du quartier.

Mais la fréquentation de la « bande » de Lucas, allait très vite devenir catastrophique pour Lucie, qui allait se laisser entraîner dans des affaires et magouilles peu recommandables.

Pourtant, Lucie, qui vivait ses aventures et néfastes agissements comme des dérisoires espiègleries sans conséquence, allait très vite se rendre compte que son petit ami Lucas devenait de plus en plus pressant à lui demander sa participation active.

— Tu sais Lucie, j'ai un plan ! On pourrait se faire un tas de fric et louer un petit appartement juste pour nous deux.

— Ah oui ? Et c'est quoi exactement ton plan ?
— C'est tout simple, je vais t'expliquer ! On a tout un tas de carnets de chèques que nous avons substitué un peu partout, nous allons les remplir et faire une fausse signature. En dessous d'une certaine somme, ils ne vérifient pas les concordances, cependant, il nous faut ouvrir un compte pour pouvoir les encaisser.
— Oui, c'est bien vu ! Mais c'est là qu'est le problème, comment ouvrir un compte ? Tu sais comme moi qu'ils demandent un tas de trucs et de papiers !
— Pour ça pas de soucis, nous avons de fausses cartes d'identité et des factures d'EDF, avec ça on peut ouvrir un compte sans problème.
— Et je suppose que vous comptez sur moi pour faire ce boulot, c'est ça ?
— Oui Lucie, nous avons justement une carte d'identité avec une photo qui te ressemble comme deux gouttes d'eau, à la banque ils ne verront que du feu.
A partir de là, Lucie, au début un peu réticente, devant l'insistance de Lucas, finit par accepter.
Elle allait se rendre à une petite succursale de la banlieue parisienne et ouvrir un compte sans le moindre souci, comme prévu.
Désormais, ils allaient passer à l'action, en remplissant un à un chacun des chèques, avec de modiques sommes, mais qui ensemble allaient allégrement dépasser les six mille euros.

Bien entendu, ils n'allaient pas déposer les nombreux chèques ensemble, quelques-uns furent remis à la caisse par Lucie, mais la plupart furent envoyés par courrier.

Le crapuleux stratagème imaginé par Lucas, avait parfaitement fonctionné.

Lucie, sous le faux nom de Cécile Gauthier, disposait dès lors d'une carte bancaire et un carnet de chèques, mais elle savait parfaitement que ce manège n'allait pas pouvoir durer bien longtemps, car certains des propriétaires des chéquiers allaient très vite faire opposition et la police ne tarderait pas à remonter jusqu'au compte ouvert par Lucie et s'en serait fini de l'escroquerie.

De plus, si elle se présentait à la succursale, elle allait être arrêtée aussitôt par les Autorités.

Malgré tout, le montant total escroqué par la bande allait dépasser les dix mille euros, car entre-temps ils avaient continué à dérober des chéquiers à des touristes qui s'affairaient dans la capitale.

D'autres méfaits allaient être perpétrés par l'équipe, comme des vols à la tire sur les nombreux visiteurs, pour la plupart des Chinois qui se baladaient toujours avec de grosses sommes en cash.

À un certain moment, Lucie s'était peu à peu éloignée de Lucas, car elle avait connu Herbert lors d'une des nombreuses soirées mondaines, et poussée par ces parents elle avait fait connaissance avec ce beau jeune homme en qui elle voyait un magnifique mari, qui pourrait lui apporter la stabilité et tout le confort qui lui manquait.

Sans compter qu'elle n'aurait plus à s'inquiéter des problèmes d'argent, car Herbert avait une superbe situation comme directeur de succursale de banque et pouvait offrir toute l'aisance et la tranquillité pécuniaire ainsi que l'assurance d'une vie sereine et rangée.

C'est peu de temps après qu'Herbert allait la demander en mariage et qu'elle allait accepter sa pétition, avec plaisir, mais aussi quelque peu d'amertume.

Ils se marièrent six mois plus tard et un an après allait naître la petite Alexia.

Tout allait parfaitement et Lucie, qui était simple employée dans la banque de son mari allait devenir en quelques mois, directrice du département commercial.

Cependant, Lucie n'avait jamais cessé de fréquenter assidûment son ami Lucas, se retrouvant de temps en temps dans leur minuscule repère.

Mais le temps passant, les soupçons d'Herbert commençant à devenir de plus en plus pressants et assidus, Lucie décida alors pour sauver son couple, de mettre définitivement fin à la relation avec Lucas.

20

Un jour qu'elle se trouvait à son bureau, Lucie reçut un appel qui la fit frémir de stupeur puis de joie.

— Coucou Lucie ! Comment vas-tu ?
Lucie reconnut aussitôt la voix de son ami d'enfance Lucas.
— Bonjour Lucas ! Quelle jolie surprise ! Si je m'y attendais ? Qu'est-ce que tu deviens ?
— Tu vois, je passe des coups de fil ! Je plaisante,

je vais très bien, j'ai trouvé un petit job chez un imprimeur, ce n'est pas la panacée mais c'est pénard !

— Tu es toujours avec tes potes ?

— Non ! Je ne les vois plus depuis longtemps, Robert est en prison à Fresnes, il a pris cinq ans et Christian a déménagé dans le midi, il est parti chez ses parents, enfin je crois, on n'est plus en contact.

— Et tu as gardé la piaule d'avant ?

— Oui ! Maintenant je suis le seul à l'occuper !

— Seul ? Je suppose que tu as bien une copine ? Ou alors tu t'es marié ?

— Eh non ! Ni l'un ni l'autre, j'habite vraiment seul

— Tu sais, j'en ai gardé des souvenirs de cette chambre !

— Oui ! Moi aussi, pour tout dire j'ai plein de photos de toi, tu sais, je n'ai jamais pu t'oublier, tu m'as brisé le cœur, tu t'es marié si vite ! Je n'ai pas compris, pourtant nous étions les meilleurs amis au monde.

— Oui je sais ! Ça s'est passé rapidement, je suis désolée si je t'ai fait du mal, mais pour moi nous serons toujours les meilleurs amis au monde, enfin si tu le veux bien.

— Quelle question ? Pour moi rien n'a changé, tu peux compter sur moi, je serais toujours là pour toi !

— Merci Lucas ! C'est très gentil, si tu veux on peut se retrouver un jour pour prendre un café.

— Oui ! Ça me ferait vraiment plaisir, demain si tu veux ?

— Je vois que tu es toujours aussi rapide, je vais voir si je n'ai pas de rendez-vous de prévu, je peux te rappeler ?

— Quand tu veux ! Appelle-moi au numéro qui s'affiche, c'est mon portable.

— Je vais essayer de me libérer pour dix-huit heures, ça ira pour toi ?

— C'est parfait ! J'attends ton appel ! Lucie, passe une bonne nuit, moi je vais attendre demain avec impatience et penser à toi.

Le lendemain, comme prévu, Lucie s'empressa d'appeler Lucas et décidèrent de se retrouver dans leur habituel petit bar du quartier de leur enfance, aussi gênés l'un que l'autre, comme si c'était leur premier rendez-vous.

Pourtant, bien des choses avaient changé, Lucie s'était mariée avec un banquier, chose qui aurait semblé improbable quelques années auparavant.

Quant à Lucas, le chef de bande, l'impétueux meneur s'était retrouvé seul dans sa misérable chambre et abandonné de tous.

Et maintenant, ils étaient là, oui là, l'un face à l'autre sans savoir quoi se dire, pourtant ils en avaient des choses à se confier, ces deux amis d'enfance qui sans aucun doute partageaient une indéfectible tendresse et des indélébiles sentiments.

De toute évidence, Lucie et Lucas étaient depuis leur plus jeune enfance, unis par un affectueux attachement sans limite et une sorte de lien invisible mais indestructible qui les maintenaient dans une affective accointance bien au-delà des innombrables et inattendues péripéties de la vie.

Cependant, la réalité n'allait pas tarder à se révéler et venir contrarier le doux rêve dans lequel ils s'étaient émergés durant un instant.

— Alors, Lucie ! raconte-moi, comment ça va avec Herbert ?

— Très bien ! Tu sais que nous travaillons ensemble, enfin disons dans la même banque. Je dirige le département commercial, lui c'est le « boss », enfin le Directeur de l'agence.

— Et vous avez des enfants ?

— Oui ! Nous avons une petite fille, elle s'appelle Alexia.

Bon et toi ? Raconte-moi un peu ta vie !

— Oh ! Tu sais, comme je t'ai dit au téléphone je me suis retrouvé seul après les péripéties de Robert et Christian, je suis déjà content d'avoir échappé à la prison.

Ce con de Robert a failli nous faire tous arrêter, il s'était mis en tête de cambrioler seul, un pavillon à Versailles et il s'est retrouvé face à face avec le propriétaire qui le braquait avec son fusil de chasse.

Alors je ne te raconte pas, les flics l'ont cueilli la main dans le sac et il a pris cinq ans.

Naturellement, il y a eu une enquête et Christian et moi avons été interrogés en tant que colocataires, mais Robert n'a rien révélé de nos affaires de chéquiers et vols à la tire, heureusement là, il a assuré.

— Et tu m'as dit qu'il était à Fresnes ?

— Oui ! Mais avec les remises de peine, il ne devrait pas tarder à sortir.

— Et toi ? Sur le plan amoureux, j'ai du mal à croire que tu n'aies personne !

— Pourtant, c'est la vérité ! Bon je ne te cache pas que j'ai eu quelques aventures, mais rien de sérieux, je n'arrive pas à me projeter dans l'avenir sans toi !

— Mon pauvre Lucas ! Tu ne m'as jamais dit que tu avais des sentiments aussi forts pour moi !
Et moi, comme une imbécile, j'ai toujours attendu un simple geste de ta part, je ne demandais que ça !
À ce moment, Lucas se leva de sa chaise et prit Lucie dans ses bras, se fondant dans un long et fougueux baiser. Lucie, surprise, fit mine de réagir, puis se laissa aller, l'accompagnant dans leur impétueuse étreinte.

— Lucas ! Que faisons-nous ?
Murmura Lucie en essayant de retrouver son souffle.

— Rattraper le temps perdu !
Ajouta Lucas, je ne pouvais plus attendre une seconde de plus !

— Mais tu n'as pas oublié que je suis mariée !

— Non ! Lucie, je n'ai pas oublié ! Et j'en suis hélas bien profondément affligé !
Mais au diable les conventions et les principes, il faut vivre sa vie, tu ne crois pas ?

— Bien entendu, Lucas, mais ce n'est pas si simple.

Dans ce monde, il y a un minimum de règles à respecter.

— Je suis d'accord ! Mais je ne voudrais pas avoir à renoncer à toi.

— Oui je te comprends ! Moi non plus, mais essayons de faire les choses correctement sans faire du mal autour de nous.

— D'accord ! Lucie, faisons les choses à ta façon, je ne voudrais surtout pas te presser, je sais que de ton coté tu n'es pas libre et que tu as des obligations que je n'ai pas !

— Je suis contente que tu comprennes, j'en suis la première désolée.

Lucas, je vais rentrer maintenant, mon mari ne vas pas tarder à arriver du bureau, je te rappelle sans faute.

— Je vais attendre ton appel avec fébrilité.

Les deux amoureux s'enlacèrent une fois de plus avec ardeur, avant de se séparer.

Lucas regagna sa chambre avec dans son esprit une curieuse sensation de légèreté et d'euphorie qui le transportait littéralement comme une plume au grès du vent, et Lucie allait retrouver son logis avec un curieux sentiment de douce ivresse et de culpabilité.

Les rencontres allaient se faire de plus en plus fréquentes : les deux amoureux se retrouvaient désormais dans la chambre de Lucas, qui fut celle de leurs premiers émois et qui était désormais devenue leur petit cocon où ils pouvaient s'abandonner sans pudeur aux ardents ébats et tendres secrets.

Mais Lucas n'avait pas renoncé à l'argent facile et cette fois, il allait prendre des précautions et œuvrer avec la plus grande délicatesse, car il avait un plan en tête qui allait impliquer Lucie et il ne voulait surtout pas la brusquer.

— Tu sais Lucie, ça m'embête vraiment que ce soit toi qui règle toutes nos dépenses, c'est toujours toi qui paie les restaurants et m'offre les plus beaux cadeaux, ce n'est pas normal, ce n'est pas juste.

— Lucas, ne te fais pas de soucis ! Je sais que tu ne ne roules pas sur l'or avec ton salaire de l'imprimerie, moi je peux me permettre sans soucis de te faire plaisir, tu sais, l'argent n'a aucune importance, il est là juste pour en profiter ! Et je veux en profiter avec toi.

— Mais moi aussi j'aimerais te combler de cadeaux, tu les mérites plus que personne.

— Ah je vois bien là la fierté et l'amour propre des hommes, mais nous sommes au-delà de cela, ce sont de vieux clichés, tu ne vas quand même pas me sortir le coup de l'honneur ! Non pas toi, Lucas.

— Non ! Bien sûr que non, Lucie ! Mais j'ai aussi le droit de te faire plaisir et de t'offrir de vrais cadeaux !

— Bien entendu ! Mais ne te tracasse pas, tu auras certainement l'occasion. En attendant, laisse toi dorloter, ça me fait plaisir tu sais !

— Oui Lucie, je sais ! Mais je ne renonce pas à te couvrir de présents, je vais trouver le moyen.

— Ah toi ! Quel têtu ! Tu ne lâches pas facilement,

mais je ne sais pas pourquoi je dis cela ! Je te connais bien, oui très bien et depuis longtemps.

Lucas venait de « tâter le terrain » avec Lucie, il savait maintenant qu'il allait pouvoir aller plus loin et lui exposer son projet.

C'est lors d'une de ces assidues rencontres, qu'il allait essayer de lui parler de son idée.

— Lucie, j'ai beaucoup réfléchi sur nous deux...
Lucie l'interrompit brusquement.

— Lucas ! Tu ne vas pas me dire que nous deux c'est fini ?

— Ah non ! Lucie, rassure-toi ce n'est pas de cela que je veux te parler, bien au contraire.

— Lucas ! Tu m'as fait une frayeur ! Pour un instant, tu m'as laissée de marbre, alors que voulais-tu me dire avant que je ne t'arrête ?

— Chérie, il faut que je te raconte un énorme secret !

— Lucas, tu es bien mystérieux, ce n'est pas quelque chose de mauvais au moins ?

— Non rassure toi ! Voilà ! Lucas prit son souffle et son courage à deux mains et entreprit de tout lui confier en lui relatent toute l'histoire dans les moindres détails.

— Voilà Lucie ! Je vais te décrire les évènements tels qu'ils ont eu lieu et qu'ils m'ont été rapportés.
Il y a trois mois, quatre mecs de la cité ont braqué un fourgon de transports de fonds près de « Marne la Valée ». Ils ont fait un coup énorme, le fourgon transportait la recette du week-end de « Disneyland »

en plus d'autres fonds de plusieurs centres commerciaux, bref ils ont réussi à s'emparer d'un super butin de dix millions d'euro, il faut dire qu'ils étaient bien renseignés et qu'ils y ont mis les moyens.

— Ils étaient quatre seulement, tu dis ?

— Oui ! Seulement quatre, mais comme je te disais, ils n'avaient pas lésiné sur les moyens, même si dans les faits, la plupart étaient factices, mais superbement imités.

L'un des gars travaillait pour la boite de transports de fonds et conduisait le fourgon en compagnie de deux autres collègues. Avant de partir, il communiqua le parcours à ses trois complices qui attendaient le véhicule sur une petite route départementale isolée dans un véhicule volé.

Dès que le fourgon fut en vue, les trois mecs enfilèrent une cagoule et placèrent leur voiture en travers de la route, puis sortirent armés jusqu'aux dents, deux arborant une « Kalachnikov » et le troisième un faux « bazooka » plus vrai que nature.

Naturellement, le fourgon, conduit par le quatrième malfrat, stoppa immédiatement. Deux des trois braqueurs approchèrent du fourgon et placèrent deux charges d'explosifs (factices bien entendu) collées sur le pare-brise, pendant que le troisième le braquait avec son « arme antichar ».

Les braqueurs donnèrent l'ordre d'ouvrir les portes du fourgon et de sortir immédiatement les mains en l'air autrement, ils feraient sauter le véhicule.

Le conducteur et les deux autres gardes s'exécutèrent dans la minute, craignant pour leurs vies.
Les deux pourvoyeurs furent immédiatement désarmés par le complice qui conduisait et aussitôt, abattus d'une balle dans la tête.

— Mon dieu ! C'est horrible ! Ajouta Lucie toute fiévreuse, impressionnée par le récit de Lucas.

— Oui ! Et ce n'est pas fini !

Les quatre braqueurs s'emparèrent du fric et le transvasèrent dans des gros sacs de sport avant de les charger dans leur véhicule et de prendre la fuite, rejoignant l'autoroute A4 en direction de Paris, mais l'alerte automatique du fourgon s'étant déclenchée et ayant alerté le poste de commande de l'entreprise, les forces de l'ordre furent aussitôt alertées et le véhicule des fuyards fut très vite repéré et pris en chasse par plusieurs patrouilles de Police.

La voiture des braqueurs pris la sortie de « *Charenton-le-Pont* », suivie de près par les véhicules de police. Les fuyards rejoignirent la « *rue de Paris* », zigzaguant entre le dense circulation, puis avivés à l'interception avec la « Rue du Général de gaulle », ils grillèrent le feu rouge et un immense choc se produisit avec une camionnette qui franchissait le carrefour.

La collision fut effroyable, impliquant d'autres véhicules qui suivaient et circulaient sur la même rue. Deux des occupants furent tués sur le coup et les deux autres qui occupaient la banquette arrière, sonnés mais indemnes sortirent du véhicule armés de leur fusils et prirent en otage une conductrice qui avait évité le choc.

Ils s'empressèrent de charger leur butin dans la voiture de la malheureuse femme et démarrèrent en trombe en direction de la capitale.

Les Policiers qui avaient évité le carambolage, mirent un peu de temps à parvenir jusqu'au lieu de l'impact et ne purent que constater le décès de deux des occupants, mais il leur fut impossible de continuer la poursuite des dangereux gangsters.

— Ah oui ! C'est vrai je me souviens de cette affaire maintenant que tu me la racontes !

Ajouta Lucie, maintenant de plus en plus ébahie et stupéfaite par l'invraisemblable récit.

— Oui ! C'est vrai ! Ça a fait les vingt heures à la télé, attends, ce n'est pas fini !

Bien entendu, la Police, alertée, les attendait juste avant le Périphérique où un barrage avait été dressé.

Les fuyards n'eurent d'autre choix que de stopper leur nouveau véhicule.

L'un des deux occupants sortit armé avec son otage, exigeant la levée du barrage et menaçant d'exécuter la malheureuse victime.

Les pourparlers allaient durer de longues minutes, mais visiblement rien ne bougeait, le fugitif devenant de plus en plus nerveux et déterminé, exigeant la voie libre, ou la pauvre femme serait exécutée.

Un coup de feu retentit soudain et le preneur d'otage s'écroula mortellement blessé.

Il avait été abattu par un « sniper » des forces de l'ordre, la femme étant choquée mais indemne.

À l'instant même, le deuxième homme resté au volant du véhicule, démarra en trombe, s'engageant dans la rue du *« Commandant Herminier »* pour rejoindre l'autoroute A3 par *« l'Avenue Gallieni »*.

À partir de là, il allait définitivement disparaître et échapper aux forces de l'ordre.

— Eh bien ! Quelle aventure ! Et quel rapport avec toi ? Ne me dis pas que tu serais cet homme qui a échappé à la police !

— Non Lucie, rassure-toi, je n'ai rien à voir avec tout cela, je sais que j'ai fait des bêtises, mais je ne suis pas un meurtrier.

— Mais alors ? Pourquoi me raconte tu tout cela ?

— Attends ! Tu vas comprendre !

— Le mec qui a échappé aux flics, je le connais !

Ou plutôt je le connaissais, d'ailleurs toi aussi certainement, il était venu une ou deux fois dans notre piaule à l'occasion d'une petite fête d'anniversaire et tu étais là si je me souviens bien, c'était bien avant ton mariage.

Tu te souviens, il était militaire à l'époque, on se foutait de sa coupe de cheveux, tu vois qui je veux dire ?

— Oui vaguement ! Celui qui parlait toujours très fort et avec un accent Belge ?

— Oui c'est cela ! C'est bien lui.

— Eh bien ce gars « Benjy » s'est pointé un soir

chez-moi et m'a demandé si je pouvais lui rendre un service, il m'a vaguement parlé d'un déménagement et m'a demandé si je pouvais lui garder quelques affaires en attendant qu'il revienne les chercher le lendemain. Et tu me connais, je ne sais pas dire non ! Alors il a déposé deux grands sacs de sport pleins à craquer, j'ai naturellement pensé qu'il s'agissait de vêtements.

Le lendemain matin, je me rendais à mon boulot à l'imprimerie et j'ai rencontré par Hazard « Christian » tu sais l'ami de « Robert » qui est en taule.

Il m'a dit que « Benjy » avait eu un accident de voiture alors qu'il déménageait et qu'il était décédé.

Alors tu vois je me suis retrouvé avec les fameux sacs qu'il avait déposé chez-moi et je sais qu'il n'avait pas de famille.

Tu vois un peu l'topo !

— Oui ! J'imagine, quelle malchance !

— C'est certain ! Mais écoute la suite !

Bien entendu, j'ai voulu connaître le contenu des sacs, et là je te jure, j'ai failli tomber à la renverse, tu sais ce qu'ils contenaient ?

— Comment veux-tu que je le sache ?

— Rien de moins que l'argent du braquage du fourgon de transport de fonds de « Marne la Vallée ». Eh oui ! « Benjy » était le dernier survivant de la bande.

Et l'argent est là tout juste derrière toi, dans le placard. Dix millions d'euros, et ils sont à nous.

21

Lucie semblait un peu perdue et quelque peu déroutée lorsque Lucas lui annonça son désir de vouloir garder cette énorme somme d'argent pour eux deux et cela même s'il s'était évertué à la convaincre en lui expliquant que jamais personne ne viendrait la réclamer et que la Police n'avait pas les moyens de remonter jusqu'à eux.
C'était une opportunité, une aubaine tombée du ciel pour que Lucas puisse enfin la combler comme il l'avait promis.
Malgré tout, Lucie avait du mal à accepter cette proposition pourtant si opportune et alléchante et il

fallut que Lucas déploie tout son pouvoir de persuasion et d'assurance, pour qu'elle veuille accepter du bout des lèvres cet inégalable cadeau.
Pourtant, Lucas ne lui demandait pas de renoncer à sa vie ou à son mariage, même si cette éventualité l'aurait indubitablement comblé, il voulait seulement lui offrir une double vie faste et généreuse à la hauteur de son amour pour elle, et pour cela il était prêt à tout, car sa seule présence le comblait, lui qui n'avait jamais pu rivaliser avec les riches prétendants de son entourage et de son milieu.
Lui, le simple fils d'ouvrier à qui la vie n'avait jamais daigné accorder ne serait-ce qu'un semblant d'anodin sourire.
Pourtant, il n'avait jamais dédaigné brusquer le destin ni éluder les efforts pour s'extraire de cette adversité dans laquelle l'avait injustement placé la vie.
Lucie ayant accepté la généreuse proposition de Lucas, il fallait dès lors trouver le meilleur moyen de gérer cette manne d'argent qui pour tout dire le dépassait.
Il s'en remit à Lucie pour l'aider à administrer le pactole, car du fait de son métier, elle était à même la mieux placée pour trouver une solution.
— Écoute Lucas, je vais réfléchir à la manière de pouvoir administrer cet argent de façon légale pour éviter tout problème, et que les autorités du fisc ou de la police ne puissent avoir le moindre soupçon, sinon, adieu la belle vie.

— Je n'en attendais pas moins de toi Lucie, je savais qu'ensemble nous pourrions accomplir de grandes choses, comme nous l'avons toujours fait. Rappelle-toi de l'affaire des chèques, nous avions réalisé à nous deux une fantastique réussite, crois-moi nous sommes faits l'un pour l'autre, sur le plan sentimental, comme dans les affaires.

— Oui Lucas ! C'est tout à fait vrai, mais cette fois il va falloir bien s'accrocher et bien tout ficeler car le moindre détail pourrait nous être fatal, le coup est d'une toute autre envergure.

Le couple était euphorique et exalté, les moments de joie et de crainte se mêlaient maintenant à un rythme époustouflant, ils étaient tantôt exaltés ou soucieux, mais une chose était certaine, ils avaient basculé dans un autre monde, dans une autre dimension qu'ils ne contrôlaient pas, les émotions se mêlaient et se démêlaient avec une incroyable fiévreuse intensité.

Lucie connaissait parfaitement tous les moyens de cacher et d'extraire de grosses sommes d'argent, on leur avait naturellement inculqué cela dans leurs études, pour pouvoir les déceler et les intercepter, donc elle savait parfaitement les pièges à éviter et comment trouver la parade pour les contourner sans laisser la moindre trace.

Bien entendu, elle allait pouvoir s'en servir pour son dessein. Elle allait créer une société factice avec le siège social situé aux « *Iles Caïmans* », territoire du Royaume-Uni, situé dans les Caraïbes.

Par un faramineux montage et une suite de méthodes sûres bien que peu Orthodoxes, l'argent allait se trouver disponible pour eux à tout moment, sur un compte bancaire anonyme, exempt de toute taxe ou impôt.

22

Jean-Charles était désormais décidé à éclaircir les rumeurs incessantes qui couraient au sujet de son épouse et d'Herbert Berthier.

Même s'il savait pertinemment que cette démarche ne serait pas sans conséquence pour leur amitié, il fallait qu'il en eût le cœur net, surtout après les histoires avec Camille. Il se sentait dès lors plus libre et habilité pour demander des comptes à son ami, en y mettant les formes nécessaires pour ne pas risquer de froisser Herbert au cas où tout ceci ne serait que de purs mensonges ou médisantes affabulations. Conscient qu'il risquait de perdre son épouse ainsi que son meilleur ami, il décida malgré tout, de parler à Herbert à l'occasion d'un tournoi de golf.

Alors qu'ils étaient tous deux attablés à la terrasse du luxueux restaurant du golf de « l'Ile Fleurie » dans le département des Yvelines, il se lança et demanda.

— Dis-moi Herbert ! J'ai une question à te poser, j'espère que tu ne vas pas te fâcher ?
— Me fâcher ? Quelle idée ! Pourquoi ? Allez dis-moi !
— Écoute, ce ne sont que des rumeurs et tu sais ce que je pense des ragots sans fondement.
— Allez, Jean-Charles ! Accouche ! Dis-moi ce qui te tracasse, je te vois comme un gamin devant son instituteur qui a peur de se faire gronder pour une bêtise !
— Non Herbert ! C'est tout sauf des bêtises, c'est très sérieux.
— Bien d'accord, alors vas-y dis-moi ce que tu as en tête, nous sommes des amis, Non !
— Eh bien voilà ! Il y a des rumeurs au sujet d'une ancienne relation entre Mathilde et toi !

À ce moment, Herbert, surpris ne sut que répondre. Il était loin de se douter que son ami rapporte de telles affirmations, même s'il savait qu'un jour ou l'autre cela pourrait se produire, mais après ce qu'il venait de subir avec l'affaire de Camille, il lui sembla que le ciel lui tombait sur la tête.

Finalement, il prit son courage à deux mains et décida de donner quelques vagues explications à son ami Jean-Charles, car il lui devait bien ça, il avait le droit de savoir, même si ce qu'il allait lui révéler allait avec certitude lui faire du mal, sans compter le bouleversement qu'il allait provoquer dans son proche entourage.

— Jean-Charles ! Je sais pertinemment que ce que je vais t'avouer va être difficile à entendre et que tu vas m'en vouloir avec raison, mais je te dois la vérité.
Voilà, Mathilde et moi avons eu une liaison, qui a duré quelques mois il y a de cela quatre ans.
Je sais que tu as absolument toute liberté de m'en vouloir et même de me casser la gueule, tu peux le faire tu en as parfaitement tous les droits, je ne t'en voudrais pas, je sais que je me suis conduit comme le dernier des minables et que je ne mérite pas ton amitié.
— Attends Herbert ! Je sais que ce que tu as fait est Inqualifiable et ignoble, mais tu ne l'as pas fait seul, je suppose que Mathilde à sa part de culpabilité.
Tu me connais depuis des longues années, je ne suis pas un revanchard ni un sinistre férin, je pense que l'on doit en parler tranquillement tous les quatre pour éclaircir la situation ! Qu'est-ce que tu en penses ?
— Bien entendu Jean-Charles, je suis tout à fait d'accord avec toi ! Je te remercie pour ton « fair-play », tu es vraiment un mec bien et je regrette de t'avoir trahi, tu ne le méritais pas, je me suis conduit comme un vrai salaud avec toi !
— Écoute ! Si tu es d'accord, nous allons en parler et essayer de régler cette affaire comme des personnes civilisées.
— Assurément !
Jean-Charles s'est toujours conduit tout au long de sa vie en homme honorable et digne, aussi bien avec ses

amis qu'avec ses adversaires, qu'il a toujours traité avec respect et civilité malgré les nombreux déboires et nombreuses déceptions qu'il ait dû subir de leur part. Il a toujours répondu aux nombreux défis avec tolérance et retenue sans chercher à accabler ou briser autrui. D'un caractère toujours égal, il a su gagner l'amitié et l'empathie parmi les nombreuses personnes qu'il a côtoyé aussi bien dans sa vie professionnelle comme dirigeant de sa Maison d'Édition que dans sa vie privée où il a su se faire estimer et apprécier de chacun. Alors cette fois il n'allait pas déroger à la règle et malgré son énorme et blessante déception, il avait l'intention de traiter Herbert avec son incomparable générosité.

Jean-Charles et Mathilde invitèrent les Berthier à un dîner préparé par leur employée « Amalia » dans leur appartement du seizième. Ils allaient tranquillement faire le point et pouvoir mettre au clair les intentions de chacun.

Sans surprise, Herbert et Mathilde allaient avouer leur ancienne relation et se confondre en excuses et formels regrets. Pour eux, c'était du passé et ils affirmèrent avec les plus sincères promesses que cette aventure était à jamais achevée.

Pour Jean-Charles, cette décision lui convenait, il avait déjà pardonné à Mathilde et Herbert, mais Lucie, n'était pas aussi prompte à laisser passer la méprisable infidélité, même si celle-ci était ancienne, car ce qu'elle venait tout juste de subir avec l'histoire de Camille, ne faisait que renforcer sa méfiance et son scepticisme envers Herbert.

Lucie prit très mal cet aveu auquel elle ne s'attendait pas, même si comme Jean-Charles elle connaissait les rumeurs qui circulaient au sujet de la possible paternité de son mari concernant la petite Caroline des De Prévoit.

— Mais vous vous rendez compte de ce que vous dites ? Votre conduite a été inqualifiable ! Et vous avez le culot de vous contenter de formuler des vagues excuses.

— Et toi, Jean-Charles, tu ne dis rien ! Cela t'est égal !

Folle de jalousie, Lucie ne put s'empêcher de faire allusion aux incessantes rumeurs.

— Tu t'es seulement posé la question au sujet de ta petite dernière ?

— Caroline ?

— Oui, bien entendu ! Qui d'autre ?

— Que veux-tu dire ?

— Dis-moi Jean-Charles ! Tu sais compter non ? Sinon, demande à Mathilde !

— Écoute Lucie, s'il te plait calme-toi ! À quoi ça sert cette discussion et cet emportement, expliquons-nous, mais calmement, par l'amour du ciel !

Lucie, maintenant un peu plus apaisée se dirige à Mathilde.

— Mathilde ! Quel âge exactement a Caroline ?

— Tu le sais bien Lucie, tu es sa marraine ! Trois ans

et trois mois le seize août.

— Eh bien, calcule ? Elle a été conçue pendant nos vacances en Grèce, pas vrai ?

— Oui, effectivement c'est tout à fait cela.

— Et qu'est-ce qui s'est passé à ce moment-là ? Je vais te le dire, le début de ton idylle avec mon mari. Ce n'est pas ça ?

— Effectivement, les dates coïncident je suis d'accord, mais cela ne signifie pas qu'Herbert est le père.

— Écoute Mathilde, nous sommes des femmes, nous savons très bien cela ! Et puis tu ne vas pas me dire qu'il n'y a pas une ressemblance, c'est flagrant !

— Je ne trouve pas, et puis cela ne veut rien dire, tous les enfants se ressemblent à cet âge ! Herbert et Jean-Charles paraissaient absents comme si la discussion leur semblait lointaine et bigarrée.

— Il y a un moyen d'avoir la réponse ! Assura Jean-Charles, maintenant un peu énervé. Faisons faire un test ADN de paternité. Je vais me renseigner sur les possibilités de cette démarche, si tout le monde est d'accord ! Chacun répondit par l'affirmative.

— Très bien ! Je vais analyser les possibilités, car si je ne me trompe pas, en France cette démarche doit être demandée par un juge.

— Oui, je crois ! Rétorqua Lucie, mais on peut

envoyer les prélèvements à un laboratoire étranger, en Suisse ou en Espagne par exemple, les résultats sont garantis.

— Parfait faisons cela, si vous êtes tous d'accord !
Chacun acquiesça d'un signe de la tête.
Jean-Charles contacta un laboratoire en Suisse trouvé sur Internet et demanda un kit de prélèvements qu'il reçut quelques jours après, sans autres formalités.
Des prélèvements de salive furent effectués sur Mathilde, Berthier et Jean-Charles ainsi que la petite Caroline en présence de tous, et renvoyés au laboratoire.
Une quinzaine de jours après, la réponse arriva par la poste, et Jean-Charles convoqua tous les membres pour assister à l'ouverture du courrier et prendre note des résultats.

— Tiens, Lucie ! Annonça Jean-Charles en lui tendant l'enveloppe. C'est à toi que revient la distinction d'ouvrir le courrier et d'annoncer les résultats ! Si tu veux bien !
Lucie décacheta la missive et en sortit le contenu qui se composait de deux résultats distincts.
Elle parcourut des yeux le premier feuillet pendant quelques secondes puis annonça aussitôt à haute voix.

— Herbert Berthier, le résultat est NÉGATIF !
Les constats sont fiables à 99,9 %, Herbert ne peut pas être le géniteur de Caroline.
La surprise fut générale, mais peut-être pas pour les mêmes raisons, Herbert qui démontrait jusqu'alors

une véritable anxiété et affliction, prit soudain un air un peu hautain et suffisant, quant à Lucie, un peu penaude, accusait une attitude agacée et une allure dépitée. Jean-Charles, égal à lui-même, semblait satisfait, mais son épouse Mathilde affichait un étrange mélange de surprise et de contrariété pour ne pas dire de regret.

Puis Lucie lut et relut le deuxième feuillet concernant Jean-Charles et annonça.

— Jean-Charles De Prévoit, le résultat est
« NÉGATIF ».

Les constats sont fiables à 99,9 %, Jean-Charles ne peut pas être non plus le géniteur de Caroline.

La stupéfaction fut générale.

Soudain, une véritable chape de plomb s'abattit sur le groupe.

Alors, qui était le père de Caroline ?

23

Tourmentée par toutes ces histoires et même si son mari Herbert avait été blanchi par le test de paternité concernant la petite Caroline, Lucie commença à se détacher de plus en plus de son mari, car il connaissait sa nature et son caractère volage et au fond d'elle-même, elle savait qu'il ne changerait pas.
D'un autre côté, elle avait désormais renoué des liens indestructibles et une complicité à toute épreuve avec son ami d'enfance, sans compter qu'elle connaissait les vigoureux sentiments de Lucas pour elle.

La seule difficulté, c'était sa petite Alexia qu'elle n'abandonnerait sous aucun prétexte.

Elle allait faire part à Lucas, de ses difficultés et de son désir de divorcer d'Herbert.

Lucas avait désormais emménagé dans un bel appartement à Paris dans le deuxième arrondissement, tout près de la Bourse.

Il l'avait acheté pour l'offrir à Lucie et pouvoir la recevoir comme elle le méritait.

C'est désormais là qu'ils se retrouvaient et qu'ils avaient reconstitué leur petit coin de paradis.

C'est lors d'une habituelle rencontre qu'elle allait lui avouer son intention.

Même si par pudeur, il ne sauta pas de joie, ses yeux s'illuminèrent et son cœur faisait des cabrioles, puis à un moment il prit Lucie dans ses bras et la serra si fort qu'elle faillit s'évanouir.

— Lucie ! Je ne me réjouis pas de ton divorce, mais je ne puis m'empêcher de penser, que désormais tu seras libre, oui, libre et que l'on n'aura plus à se cacher.

— Oui mon Lucas ! Mais j'ai très peur pour Alexia.

— Lucie ! Je vous prends Alexia et toi, je suis même prêt à l'adopter.

— Tu es très généreux Lucas, mais ce n'est pas si simple ! C'est le juge qui devra déterminer l'avenir d'Alexia, nous verrons comment cela se passe avec Herbert, pour le moment il n'est pas au courant de mes intentions.

— Ne te fais pas de soucis, tu as toutes les chances

d'avoir sa garde, tu verras !

Et nous allons nous battre, tu sais que je serai toujours avec toi et avec vous !

Lucie devait désormais annoncer à Herbert son intention de le quitter, ce qu'elle fit dans les jours qui suivirent.

À l'heure du dîner familial, Lucie prit un air grave et se dirigea vers son mari.

— Herbert ! J'ai quelque chose d'important à t'annoncer !

Tu sais, après tous ces évènements, j'ai bien réfléchi, j'ai l'intention de demander le divorce, je pense que c'est mieux pour chacun de nous !

Herbert ne fut pas surpris outre mesure. Pour tout dire il s'y attendait, et peut-être même que ça l'arrangeait. Il savait que cette éventualité était presque inévitable, l'ayant même envisagé de son côté. Il prit quelques instants de réflexion et annonça :

— Tu sais, Lucie ! Tu as peut-être raison, c'est sans doute la meilleure décision pour tous.

— Oui, j'en suis persuadée, mais que penses-tu faire pour Alexia ?

— Lucie ! Tu me connais, je ne suis peut-être pas un bon mari, mais je pense être un bon père, et je vais essayer d'agir en bon père, c'est-à-dire chercher le meilleur pour ma fille.

Et sincèrement, si tu es d'accord, je renonce à sa garde car je pense qu'elle sera beaucoup mieux avec toi, car

je reconnais que mon existence ne serait pas bénéfique pour ne pas dire dommageable pour son éducation.
Bien entendu, je te demanderais d'avoir un droit de visite de temps en temps.
Que penses-tu de ma proposition ?

— Herbert ! Je suis absolument d'accord, bien entendu, pour tout dire, j'avais peur que l'on se déchire pour obtenir sa garde, mais je dois reconnaitre que là, tu as été « Bon Seigneur » et je te remercie, cela va permettre un passage en douceur favorable et bénéfique pour Alexia.

— Lucie ! Autre chose ! Tu comptes garder ton poste à la banque ?

— Non ! J'ai déjà réglé tout cela ! Je compte aussi déménager, donc tu pourras garder l'appartement, on réglera cela plus tard !

— Très bien, Lucie ! Je vois que tu as déjà tout réglé et décidé, je suppose que tu as quelqu'un ?
C'est par pure curiosité, tu n'es absolument pas obligée de répondre !

— Je vais te répondre, Herbert ! Oui bien entendu, j'ai quelqu'un, c'est un ami d'enfance, et il s'appelle Lucas, il a vingt-neuf ans et il est célibataire.
Je préfère tout te dire, si l'on veut garder de bonnes relations, d'ailleurs je te le présenterais dès que tu voudras.
Avec plaisir ! Merci Lucie, c'est agréable de pouvoir régler les problèmes de cette façon, en adultes responsables, il y a tant de couples qui se déchirent

pour les enfants, mais aussi pour le moindre bien matériel, je suis vraiment content que cela se passe de façon heureuse et salutaire pour tous.
Les démarches allaient être entreprises par un avocat commun, et rapidement réglées selon leur accord.
Bien entendu, Lucie était aux anges. Elle avait gardé sa fille et l'avenir s'annonçait plus que prometteur avec Lucas. Ils allaient s'installer tous les trois, dans l'appartement que Lucas avait acquis dans le deuxième arrondissement. La vie semblait avoir été à leur égard plus que généreuse et leur a offert un avenir radieux, même si cette bienveillante et complaisante acquisition n'avait pas respecté un honnête et avouable procédé.
Mais pour le moment, ils allaient profiter de cette merveilleuse vague de bonheur qui leur était offerte et qui les comblait.
Pour Lucas, qui n'avait jusqu'alors jamais connu une telle débauche de luxe et de confort dans toute sa vie, ce fut une impressionnante et bouleversante bouffée d'exaltation et de frénésie : il allait enfin réaliser ses rêves les plus impensables et chimériques.
Et de plus, avec la femme de sa vie dont il avait tant de fois rêvé, enfin à ses côtés.
Lucie, quant à elle, si elle était de toute évidence folle de joie de se trouver enfin avec les deux êtres qu'elle chérissait le plus au monde, ne pouvait cependant pas s'empêcher d'avoir comme une petite angoisse qui trottait dans sa tête.

C'était trop beau, trop rapide, trop inespéré et surtout, pensait-elle, peut-être pas tout à fait mérité.

24

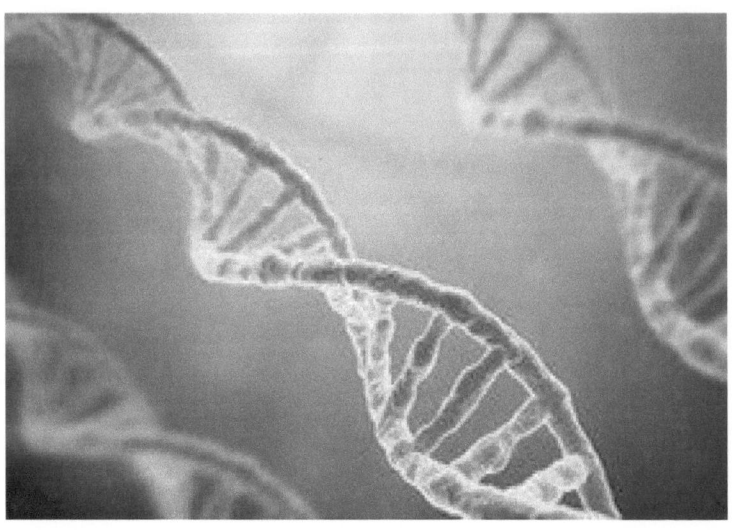

Jean-Charles, qui tomba des nues lorsqu'il connut les résultats des tests ADN et qu'il apprit avec stupeur qu'il n'était pas le père de Caroline, ne sut dans un premier temps comment réagir. Il se rendit compte qu'en réalité, il ne connaissait pas vraiment Mathilde, elle était soudainement devenue une énigme pour lui. Pourtant, elle lui devait une explication, mais celle-ci ne l'avait pas vraiment. Depuis toujours, elle savait parfaitement que sa fille n'était pas de Jean-Charles, mais pour elle c'était certain, le père était Herbert, elle en était persuadée depuis leur idylle à « *Volos* ».

Mais alors, comment résoudre cette étrange et énigmatique situation ? Elle savait parfaitement qu'elle avait flirté et batifolé tout l'été cette année-là, mais comment savoir avec certitude qui était vraiment le géniteur de sa fille ?

Cette question lui tournait dans la tête, elle en devenait folle, car la plupart des hommes qu'elle avait connu cet été en Grèce, étaient tous des rencontres d'un soir. Pour la plupart, elle ne se souvenait même plus de leurs prénoms.

Alors quoi dire à Jean-Charles ? Comment pouvait-elle lui annoncer cette incroyable débauche de fourberie et légèreté ? Et puis qu'allait-il advenir de sa réputation dans leur cercle d'amis si prompts aux improbations critiques et inévitables censeurs ?

Mathilde était atterrée à l'idée même de faire l'objet de commentaires dédaigneux de son entourage, bien plus encore que les justifiés reproches qu'avec certitude viendraient de son mari Jean-Charles.

Par chance pour elle, Jean-Charles n'était pas une personne au caractère belliqueux ou revanchard, il savait toujours garder en toute situation sa bonne mesure et son inébranlable calme et ce malheureux évènement n'allait pas faire exception.

Il allait même proposer à Mathilde d'oublier cet affligeant épisode et poursuivre leur vie en commun, de toute façon il avait reconnu Caroline et elle serait sa fille pour le restant de ses jours.

Mathilde fut agréablement surprise de l'attitude de son mari et lui promis avec de longues tirades et ardentes phrases d'amour, de désormais toujours le respecter.

Cependant, Mathilde devait absolument connaître le véritable père de Caroline, c'était une question qui la hantait et qui l'empêchait de dormir. Elle devait absolument savoir la vérité sur l'origine paternelle, même si elle ne savait pas comment y parvenir.

Sachant pertinemment que Jean-Charles ne s'y opposerait pas et qu'il comprendrait la démarche, qu'il allait approuver son désir de connaître la filiation de sa fille car un jour ou l'autre, elle chercherait certainement ses origines. Mathilde, malgré tout, avait peur de froisser son mari, qui avait déjà beaucoup fait pour préserver les liens familiaux.

Mais par où commencer ? Bien entendu, elle savait que cela s'était passé pendant les vacances d'été en Grèce et que depuis, quatre années s'étaient écoulées. La mémoire de Mathilde lui faisait défaut, d'autant que le plus souvent, les furtives rencontres s'étaient pour la plupart passées à l'occasion de soirées bien arrosées, ce qui par nature, avait inévitablement perturbé sa mémoire.

Mais, en exploitant avec assiduité les innombrables méandres de sa matière grise, un vague souvenir vint tout à coup effleurer son conscient.

Et pourquoi pas Jean-Pierre Tournier le mari de Catherine, le troisième couple qui les avait accompagnés en Grèce et avec qui elle avait eu un petit dérapage lorsqu'ils s'étaient rendus seuls à l'agence du tourisme et qu'ils avaient fait un bref détour par l'hôtel avant de rejoindre le groupe ?

25

Pour le commissaire Gerbier, quelque chose ne tournait pas tout à fait rond. Il y avait beaucoup trop de faits déconcertants pour ne pas dire insolites et inhabituels dans ce petit groupe d'amis : chacun semblait avoir son secret bien à lui et un côté obscur qui le rendait insaisissable, pour les autres, mais aussi pour les autorités.

Il avait bien quelquefois essayé de percer ce curieux mystère qui entourait ce singulier groupe mais pour autant, malgré son flair et son inégalable expérience, il ne parvenait pas à saisir ce qui lui échappait.

C'était comme si malgré les évidentes différences qui les caractérisaient, l'ensemble formait en fait un curieux bouclier derrière lequel ils pouvaient s'abriter pour échapper aux possibles assauts ou intrusions.

Car chacun avait son lot de secrets, ses ambigüités bien particulières, ses problèmes et aussi ses façons de les résoudre.

— Examinons un peu ! Se disait-il !

Herbert Berthier, citoyen modèle, toujours tiré à quatre épingles, marié et père de famille, banquier, bref le parfait rupin. Pourtant, se fait agresser en pleine rue, ce qui en soi, n'a rien d'anormal, mais il est séquestré, et apparaît complètement nu place de la concorde, affirmant qu'il ne se souvient de rien ni de personne, puis compromis dans une affaire de rapports louches avec sa « baby-sitter » , le tout se terminant par un arrangement à l'amiable, puis on apprend après des péripéties qu'il serait le père de la petite Caroline la fille de son meilleur ami Jean-Charles De Prévoit.

— Poursuivons !

Mathilde, l'épouse de Jean-Charles, autre les aventures avec Berthier qui lui aurait donné sans doute un enfant, serait selon les dires une véritable délurée, car finalement d'après des tests ADN qu'ils se sont procurés par des moyens peu Orthodoxes à l'étranger, l'enfant ne serait pas de lui et mieux encore il ne serait pas non plus de Jean-Charles son mari.

Quant à Lucie, épouse d'Herbert Berthier, elle est pendant un moment soupçonné de curieux mouvements bancaires, pour finalement être innocentée et complètement blanchie par sa banque.

Puis sur le plan personnel, ayant eu connaissance des incessantes incartades de son mari Herbert, reste tout d'abord complètement impassible et apathique, pour finir par exiger un test de paternité à propos de la fille de son amie Mathilde De Prévoit.

Et malgré le résultat négatif concernant sa paternité, Lucie demande le divorce avec son mari Herbert et plus étonnant, celui-ci renonce à la garde de leur petite fille Alexia, sans même demander ou exiger la moindre contrepartie ou dédommagement.

Pour continuer, Lucie démissionne de son emploi à la banque et plus énigmatique, elle aurait emménagé dans un bel appartement du centre-ville avec un ancien ami d'enfance.

Le commissaire Gerbier, se demandait comment il allait démêler ce véritable imbroglio et par où commencer, car même si à première vue, rien en soi ne paraissait délictueux, il avait pourtant la certitude que s'il creusait un peu, il allait faire affleurer quelque chose d'illégitime et condamnable, il lui suffisait de trouver un angle d'attaque ! Un point faible !

Effectivement, une curieuse situation allait rapidement le mettre sur la voie et cela concernait Lucie et Lucas, son nouveau partenaire.

Comment avaient-ils fait pour emménager avec Alexia, la fille de Lucie, dans un superbe appartement situé dans le deuxième arrondissement de Paris, alors qu'ils venaient tous deux de démissionner de leurs emplois respectifs ?

Et Lucas, cet ami d'enfance, qui n'avait jamais eu un emploi stable, et dont deux de ses frères ainsi que plusieurs de ses amis avaient eu ou continuaient à avoir des problèmes avec la justice ?

Pour le commissaire Gerbier, il faisait tache dans ce groupe d'amis. De toute évidence, il n'appartenait pas à leur monde.

Pourquoi donc Lucie avait-elle quitté son cercle d'amis et rejoint précipitamment ce copain d'enfance qui s'était avéré d'après les investigations être son amant bien avant son mariage avec Herbert, qui avait repris contact avec elle alors qu'elle travaillait avec son mari à la banque et depuis, continuait à la fréquenter assidûment pour finir par emménager ensemble dans l'un des plus beaux quartiers de la capitale ?

Quelque chose échappait au commissaire, oui quelque chose d'illogique et antirationnel se passait ; mais quoi ?

26

De leur côté, Lucie et Lucas menaient la grande vie, disposant de tout l'argent nécessaire pour se payer les plus somptueux caprices, ne se privant d'aucune opportunité de faire la fête, en fréquentant les meilleurs restaurants de la capitale.

Leur temps était occupé à dévaster les boutiques de luxe et à se payer de superbes vacances ou somptueuses croisières.

Bien évidemment, ce train de vie détonnait chez un couple qui n'avait pas d'emploi.

D'où venait donc cet argent qu'ils dilapidaient sans compter ?

Le commissaire Gerbier allait rapidement s'intéresser de plus près, à leur situation financière plus que suspicieuse.

Mais c'était sans compter sur l'ingéniosité et les connaissances du domaine bancaire de Lucie, avec les

innombrables subtilités et possibles occasions de contourner la loi sans éveiller le moindre soupçon.
Car si leur immense pactole se trouvait à l'abri dans le paradis fiscal, ils avaient tout prévu et fonctionnaient en se servant exclusivement d'un compte commun qu'ils avaient ouvert, sur lequel Lucie avait fait transférer la moitié de l'argent qui lui revenait à l'issue du divorce avec Herbert, mais aussi tous ses avoirs personnels et ses économies, qui comptait une jolie somme, à laquelle allait aussi s'ajouter la moitié du montant de la vente du magnifique appartement qu'elle avait acquis avec Herbert.
De cette manière, ni le Fisc ni les Autorités n'avaient le moindre moyen de les soupçonner, car tout était parfaitement légal.
Lucie réfléchissait déjà au subterfuge le plus sûr d'éluder les soupçons lorsqu'ils auraient besoin de se servir de leur fortune, mais pour encore un long moment, ils pouvaient tranquillement mener la belle vie avec ces importantes économies et leur futur semblait tout tracé : une merveilleuse vie plaine de félicité, débordante de luxe et d'opulence.
Mais un premier grain de sable allait venir se placer dans le merveilleux rouage.
Le commissaire Gerbier allait découvrir un curieux montage concernant l'achat de leur fastueux appartement par Lucas. Gerbier s'était maintes fois posé la question : comment ce personnage qui avait toujours vécu dans le dénuement et le besoin, pour ne

pas dire la misère, enchainant les petits boulots sans intérêt et mal rémunérés, avait-il réussi à acquérir un tel appartement dans une des zones les plus chères de la capitale ?
D'où pouvait venir cet argent ? Car aucune banque ne lui aurait accordé un tel crédit pour son acquisition et il ne voyait personne dans son entourage ayant pu se porter garant. Mais peut-être que l'argent venait tout simplement de Lucie. Seulement, en épluchant les comptes, aucune transaction ou mouvement ne venait confirmer cette hypothèse.
Pourtant lorsqu'il entreprit de vérifier la transaction, rien n'anormal ne venait interpeler le fonctionnaire.
La vente s'était en effet déroulée tout à fait normalement et toutes les démarches semblaient légales, aussi bien du côté des impôts que des frais notariaux. Alors, où se trouvait la faille ? Car pour Gerbier, il y en avait une, c'était certain, mais comment mettre la main dessus ? Effectivement, il y avait une duperie, et de taille, mais le commissaire ne pouvait pas la vérifier.
Lucas avait négocié l'achat de l'appartement Parisien de façon à pouvoir réaliser l'acquisition en « cash ».
Il avait donc convenu avec le vendeur, un riche négociant Ukrainien, qui accepta avec grand plaisir le « *deal* ».
Et il eut lieu de la façon suivante :
Lucas allait lui remettre la somme totale de l'achat y compris les frais notariaux et autres en liquide, et le

vendeur allait se charger de payer tous les frais par des virements depuis son propre compte en Ukraine.

De cette façon ils allaient éluder les vérifications et mouvements sur le compte bancaire de Lucas.

Et Gerbier se trouvait dans l'impossibilité d'avoir la moindre preuve de la malhonnête méthode de la transaction.

Quelques mois allaient passer sans le moindre évènement marquant. Plus amoureux que jamais, Lucas allait continuer les importantes dépenses en s'offrant tous ses caprices, mais Lucie commençait à trouver son attitude un peu « Too much ».

Et même si elle n'émit aucun reproche à Lucas, son attitude allait changer en manifestant un air beaucoup plus distant et froid, qui n'échappa pas à Lucas.

— Chérie qu'est-ce que tu as ? Tu es bizarre depuis quelque temps.

— Mais non ! Qu'est-ce que tu vas chercher ? C'est peut-être la fatigue, et puis l'argent me tracasse !

— Mais Lucie ! Tu sais bien que l'on a tout ce qu'il faut en lieu sûr !

— Oui, tu as raison ! Mais il faudra trouver le moyen de pouvoir s'en servir sans risque.

— C'est vrai ! Mais je sais que tu vas réussir à m'étonner, tu es imbattable pour ces coups-là.

27

Quelques jours avant, un autre événement s'était produit.

Robert, leur ami d'enfance qui accomplissait sa peine de prison pour la tentative de vol dans un pavillon à Versailles et qui s'était retrouvé avec le fusil de chasse du propriétaire braqué sur lui, avait abandonné la prison de « Fresnes » libéré pour bonne conduite et avait enfin retrouvé la liberté.

Un autre évènement d'une tout autre ampleur se produisit la veille. Selon Lucie, Lucas n'était pas rentré à la maison et même si ça lui arrivait de découcher de temps à autre, elle était inquiète. Elle avait attendu pendant toute la journée du lendemain, mais Lucas ne donna pas la moindre nouvelle et il était injoignable sur son mobile. C'est à ce moment qu'elle avait décidé de se rendre au commissariat en demandant à voir le commissaire Gerbier pour l'informer de la disparition de son conjoint. Le policier n'eut pas longtemps à attendre : dans l'après-midi, il fut informé qu'une personne correspondant à son signalement avait été trouvée noyée dans le « *bassin de la villette* » dans le dix-neuvième arrondissement de Paris.

Bien entendu, dès que l'homme fut formellement identifié comme « Lucas Saurin », Gerbier s'empressa de prévenir Lucie en la convoquant avec toutes les précautions et délicatesses possibles et impératives dans ces cas-là.

Lucie accouru aussitôt et ne put que constater le malheureux décès de son ami.

Mais que s'était-il passé ? Comment Lucas s'était-il retrouvé dans ce catastrophique et fatal événement qui lui avait couté la vie ?

Pour le commissaire Gerbier, c'était une interrogation de plus. Trop de choses, oui, beaucoup trop d'événements avaient lieu autour de ces mêmes personnes et cela ne faisait que le conforter dans ses doutes et défiances. Il y avait forcément une bonne raison, qui, pour le moment lui échappait, mais dont il s'était juré d'apporter une réponse : c'était pour lui maintenant une question d'honneur.

Dans l'immédiat, sa priorité était d'éclaircir la mystérieuse noyade de Lucas Saurin. Bien entendu, une autopsie allait être pratiquée sur son corps et le légiste allait très vite découvrir la cause de son décès.

— La personne n'est pas morte noyée, car il y a absence d'eau dans ses poumons. On constate un coup fatal à l'arrière de son crâne, probablement asséné avec un objet lourd et contendant !

Quant aux éléments recueillis sur la berge, ils ne permettaient pas de déterminer s'il avait été agressé sur place ou si son corps avait été déplacé et immergé à cet endroit.

Mais on savait maintenant qu'il ne s'agissait pas d'un accident, mais d'un crime crapuleux.

L'enquête menée par Gerbier, allait une fois de plus s'épaissir et tourner en rond, car il ne voyait pas le début d'une piste à suivre.

Qui pouvait en vouloir à Lucas ? En examinant son entourage, il allait très vite éliminer et mettre hors de cause Lucie, bien entendu, alors vers qui se tourner ?

Il ne voyait pas non plus Herbert, l'ex de Lucie qui avait tout de suite été très arrangeant et n'avait pas le moindre grief contre Lucas, quant à Jean-Charles, n'en parlons pas, il aurait été bien incapable de perpétrer une telle abominable énormité.

Alors il fallait forcément élargir le cercle et chercher parmi ses connaissances ou ses fréquentations.

Et Gerbier pensa immédiatement à la curieuse acquisition de son appartement acheté à un énigmatique négociant Ukrainien.

Mais là non plus, il n'allait pas pouvoir aller bien loin, tout avait été fait dans les règles, du moins en apparence ! Pensait-il.

Quant à ces anciens amis, ils s'étaient perdus de vue et on n'avait jamais constaté le moindre rapprochement ou rencontre. Pourtant, un des amis d'enfance de Lucas, mais aussi de Lucie, venait tout juste de sortir de prison : « Robert Lancier » avec qui ils avaient jadis partagé une chambre dans le quartier de leur enfance. Et si Lucas ne l'avait jamais revu ni même visité en prison, celui-ci avait bien reçu d'innombrables entrevues au parloir d'une autre personne pendant sa détention.

Gerbier pensa immédiatement à ce Robert Lancier, l'ami d'enfance du couple, qui venait tout juste d'abandonner la prison de Fresnes pour bonne conduite avant le terme de sa condamnation, mais il excluait qu'il puisse s'impliquer aussitôt dans une telle aventure qui lui ferait à coup sûr faire face à une lourde peine d'incarcération.

Mais alors qui d'autre ? Le motif n'avait pas été le vol, car on retrouva sur le corps tous ses papiers d'identité, ses cartes de crédit et même une non négligeable somme d'argent.

28

Les faits

Robert Lancier, tout juste sorti de prison, s'était empressé de retrouver son quartier de toujours. N'ayant plus de famille, ses parents étant décédés depuis de nombreuses années, il allait chercher un refuge et essayer de retrouver un peu de chaleur et de compagnie parmi ses anciens amis, mais parmi les seuls qui restaient, « Christian » vivait maintenant dans le midi, quant à Lucas il habitait désormais à Paris, ayant totalement changé de vie.
Ne sachant vers qui se tourner, il allait malgré tout essayer de le contacter.
Alors que Lucas se trouvait seul dans leur appartement il reçut un coup de fil inattendu.

— Salut Lucas ! Tu me reconnais ?
— Oh Robert ! Quelle surprise ! Tu as été libéré ?
— Eh oui ! Tout arrive ! Et je t'assure, ça fait du bien !
— Je te crois ! Et tu es où ?
— Juste en bas de chez toi !
— Ce n'est pas croyable ! Attends, monte, c'est au troisième, porte C, si je m'y attendais ?

Robert emprunta l'ascenseur et sonna à sa porte.
Les deux anciens amis tombèrent dans les bras l'un de l'autre.

— Alors raconte, tu as été libéré quand ?
— Il y a deux jours, mais tout a changé dans le quartier, je ne reconnais plus personne !
Et je vois que ta situation à bien changé aussi, quel appart ! Mon salaud tu ne te prives de rien ! C'est la belle vie !
— Oui, c'est vrai les choses ont bien changé, je suppose que tu sais que je suis avec Lucie, tu vois de qui je veux parler, notre Lucie de la bande.
— Oui bien entendu, je ne connais qu'elle, elle nous avait bien aidé avec les chèques !
— Oui c'est vrai ! On n'aurait jamais rien pu faire sans elle et elle nous plaisait bien à tous les deux mais c'est toi qu'elle a choisi, il faut dire que moi j'étais moins disponible en taule.
— C'est certain ! Tu sais nous te devons tous une belle chandelle de n'avoir rien révélé sur nos activités des chéquiers volés.

Mais toi qu'est-ce qui t'a pris d'aller braquer ce couple à Versailles ?

— Oh tu sais, je voulais passer à la vitesse supérieure et je l'ai payé cher !

Car en définitive j'ai tout perdu, non seulement le coup à foiré, mais je me suis retrouvé derrière les barreaux et j'ai aussi de plus, perdu ma chance avec Lucie.

Ne t'offusque pas, je n'ai pas le droit de te reprocher quoi que ce soit, je suis content pour toi et pour elle.

Ce qui m'est arrivé, je l'ai bien cherché alors je n'ai aucun droit de te reprocher quoi que ce soit, c'est la vie et c'est ainsi.

Bon je crois que cela suffit, on commence à devenir poétiques, si ça continue on va finir en vrai chochottes !

— Oui c'est vrai ! Allez ! On va se taper quelques bières au bar d'à côté, au nom du bon vieux temps.

Les deux anciens amis passèrent l'après-midi à faire la tournée des établissements, et tard dans l'après-midi, alors qu'ils étaient toujours affalés sur le comptoir d'une brasserie, se remémorant leur folle jeunesse, Lucas reçut un appel de Lucie.

il décrocha son mobile.

— Lucas ! Tu es où ? Je t'ai attendue pour déjeuner !

Il essaya avec difficulté d'articuler quelques phrases incompréhensibles.

— Tu ne devineras jamais qui est avec moi ?

— Non ! Mais tu as l'air de passer un bon moment !

— Écoute Chérie ! je suis avec Robert, tu sais Robert Lancier, notre Robert quoi ! Il a fini par sortir de taule, et on arrose ça !

— Ah oui ! Bien sûr ! Et vous avez l'air d'en tenir une bonne !

Écoute Lucas ! Pourquoi tu ne l'invites pas pour dîner, nous pourrions aller au resto ! Tu sais celui que tu aimes bien, dans le dix-neuvième ! Qu'est-ce que tu en dis ?

Ça tombe bien Alexia est avec Herbert pour le « week-end ».

— Oui ! Géniale ton idée, nous allons rentrer nous doucher et nous changer et nous sortons tous les trois comme au bon vieux temps.

— D'accord ! Je vous attends ! Bises à Robert !

Vers dix-huit heures, ils rejoignaient enfin l'appartement où les attendait Lucie et Robert se jeta aussitôt dans ses bras.

— Ça faisait tellement de temps que j'attendais ce moment, enfin je vous retrouve tous les deux, vous m'avez tellement manqué !

— Oui, Robert ! Tu sais, nous ne t'avons pas oublié. Bons faites une petite sieste, je vois que vous en avez besoin, ensuite on sort fêter ta libération.

— D'accord ! Effectivement, nous avons déjà pris de l'avance et on a peut-être un peu forcé sur la bière, on va prendre un peu de repos et dans deux heures on sera frais comme deux « *gardons* ».

Vers vingt et une heures, les trois amis étaient prêts et ils partirent vers le restaurant que Lucie avait réservé. Étant un peu en avance, elle proposa de faire une petite promenade le long du canal pour profiter de la fraicheur de l'eau avant de se rendre au restaurant tout proche.

Et là, chacun allait profiter pour relatter les innombrables anecdotes les plus cocasses de leur insouciante jeunesse. À ce moment, rien de prémonitoire n'aurait pu augurer du dramatique événement qui allait se produire juste quelques minutes après.

Au cours du trajet, Robert ramassa un lourd poteau de trottoir qui avait été arraché et laissé sur le sol et asséna un violent coup à l'arrière de la tête de son ami Lucas, qui s'effondra mortellement blessé.

Tout de suite après, ayant vérifié qu'il était mort, il le balança sans le moindre ménagement dans les eaux troubles du bassin puis pris Lucie par le bras et tous deux regagnèrent l'appartement, sans prononcer le moindre mot.

Bien entendu tout ceci n'était pas arrivé par hasard. À l'évidence, c'était longuement muri et prémédité, seule manquait la bonne circonstance de passer à l'acte et le fatidique moment était arrivé, car toutes les conditions étaient réunies ce soir-là.

Une opportunité en or, un lieu solitaire, une arme propice, un état fragile et de défiance, un lieu discret pour se débarrasser du corps, bref toutes les planètes étaient alignées ce soir-là pour perpétrer un geste dont Robert avait muri pendant de longs mois.

Mais il n'était pas le seul, ni même l'instigateur de ce meurtre.

Si Lucas n'avait jamais effectué la moindre visite, au parloir pour le voir, quelqu'un d'autre l'avait assidument faite chaque semaine et cette personne était Lucie, oui, Lucie Berthier.

Car Lucie, amie d'enfance de Lucas, était aussi celle de Robert, qui avait partagé les mêmes bancs d'École primaire, puis le Collège et ensuite le Lycée.

Et même si Robert n'avait pas continué ses études, Lucie avait toujours gardé pour lui un lien spécial qu'elle partageait avec Lucas, fréquentant l'un ou l'autre par périodes au gré du temps.

Bien entendu, Lucas avait pris une plus grande place dans son cœur pendant les années de fac, mais elle garda toujours au fond d'elle une préférence pour son ami Robert, car il lui plaisait bien son gentil Robert Lancier, toujours attentif et aimable avec elle, malgré les moments de folie qui le rendait inaccessible mais lui apportaient en même temps un irrésistible attrait de « *mauvais garçon* ».

Ce soir-là, une fois le meurtre de Lucas accompli, Lucie et Robert qui avaient regagné l'appartement, allaient enfin fêter sans la moindre entrave leurs retrouvailles et ce fut un véritable étalage de joie et de scandaleuse lubricité et turpitude.

Le lendemain, Lucie, convoquée par Gerbier, se présenta au commissariat. Le commissaire lui fit part de la découverte du corps de Lucas et bien entendu, elle feint la surprise et adopta immédiatement l'adéquate attitude de veuve éplorée.

Pourtant, cet inexcusable meurtre fut totalement imaginé et voulu par elle.

Dès qu'elle eut connaissance et qu'elle organisa la mise à l'abri de l'immense somme d'argent, elle s'empressa de rendre visite au parloir de la prison de Fresnes pour parler avec son ami Robert, car il savait qu'il ne tarderait pas à sortir de captivité et elle avait une éminente préférence pour lui.

Ses visites allaient se faire de plus en plus fréquentes, car elle avait quelque chose en tête et son aide allait lui être absolument nécessaire pour ne pas dire indispensable.

Lucie lui parla de l'argent et de la vie qu'elle rêvait en sa compagnie et tout cela était à portée de main, car elle était fatiguée des incessantes incartades de Lucas, qu'elle ne supportait plus.

Bien entendu, Robert était aux anges, lui qui n'avait jamais même en rêve imaginé une telle opportunité, maintenant, elle lui était offerte par Lucie, son amie d'enfance, la fille dont il rêvait et qu'il n'avait jamais pu avoir.

Mais évidemment, cette alléchante proposition avait un revers et il était de taille.

Cependant, Lucie allait lui présenter peu à peu le nécessaire prix à payer pour arriver à ce qu'elle appelait « *leur paradis* ».

— Tu vois Robert, imagine un peu ce que l'on va pouvoir faire avec une telle quantité d'argent ! Fini les privations, terminée, toute cette foutue vie de misère, fini le travail, ce butin va nous rapporter plus d'argent que nous ne pourrions jamais gagner en trimant comme des bœufs, on va se laisser vivre sur une île paradisiaque, à siroter des cocktails sur la plage et le soir se taper les meilleurs restaurants pour aller jusqu'au bout de la nuit dans les boîtes.
Et les fringues, je ne te dis pas, et on va se payer une villa comme tu n'imagines pas.
Robert songeait à cette future vie de rêve avec avidité en compagnie de Lucie, cette vie qu'il n'avait jamais eu par sa modeste condition et peut-être aussi par son inaptitude et son manque d'assiduité pour le travail et les études ou plus assurément, pour toutes ces raisons en même temps.

— Mais tu sais, Robert pour tout cela, nous devons nous défaire de cet imbécile de Lucas !

— Oui, mais je ne suis pas certain qu'il soit d'accord ! Et il va vouloir sa part, je le connais, il ne lâchera pas l'affaire aussi facilement et qui te dit qu'il ne va pas nous pourrir la vie ou pire, nous dénoncer à la Police ?

— C'est certain ! Nous devons trouver un moyen !
Pour Lucie, le moyen était déjà tout trouvé et il était plus qu'expéditif, il fallait l'éliminer, mais l'éliminer

physiquement et pour cela, elle comptait sur Robert bien évidemment.

Mais elle ne voulait surtout pas le brusquer, Lucie essayait de faire en sorte que l'idée vienne de lui.

Alors, Robert comprit finalement qu'il devait agir s'il voulait accéder à cette « vie de rêve » et proposa à Lucie d'en faire son affaire dès sa sortie de prison, ce qu'il fit à la première occasion, pour le plus grand bonheur de Lucie.

Le commissaire Gerbier était littéralement dépassé par les événements qui se succédaient à un rythme fulgurant et qui ne lui laissaient pas le moindre répit.

— Non de Dieu ! Mais que se passe-t-il dans cette foutue famille ? Ils vont me rendre « zinzin ».

Et il y avait de quoi, car pour le commissaire, pas le moindre indice, pas la plus infime trace, ni début de piste, car Lucie avait déclaré que Lucas n'était pas rentré et qu'il n'avait pas donné de ses nouvelles, Lucie ne s'inquiétant pas autre mesure, car il était coutumier de sortir seul la nuit, pour se « vider la tête » comme il disait.

L'enquête de voisinage ne donna aucun résultat, car Lucie s'était bien arrangée pour donner un faux nom lors de la réservation de la table au restaurant.

Quant à Robert, il ne fut à aucun moment inquiété, car il n'apparaissait pas encore dans les radars de la police.

Lucie, maintenant libre et débarrassée de Lucas, pouvait filer le parfait amour avec son ami Robert, au début très discrètement pour ne pas éveiller de soupçons, puis environ deux mois après, Robert allait emménager avec elle et sa fille Alexia.

La petite famille, maintenant plus calme et apaisée, avait repris une vie normale et anonyme en attendant que Lucie finisse de bien ficeler le moindre détail et rende réalisable leur départ pour une nouvelle vie, sans le moindre risque.

Pour Herbert, son ex et tous ses anciens amis, comme Mathilde, Jean-Charles et tous les autres, Lucie était devenue incompréhensible et insaisissable, ils ne la reconnaissaient plus : pourquoi avait-elle changé ainsi sans véritables raisons ? Ils avaient tous essayé à un moment ou à un autre de la joindre, mais Lucie demeurait opiniâtrement insensible à toute tentative de contact ou d'appels, hormis de la part d'Herbert lorsqu'il s'agissait de leur fille Alexia.

À ce sujet, Lucie avait totalement changé d'avis, elle n'exigeait plus la garde exclusive de leur fille, ayant même proposé à Herbert la garde exclusive et définitive contre un conséquent dédommagement.

Bien entendu, Herbert saisit l'occasion et accepta immédiatement le « deal », d'autant qu'Alexia adorait son Papa.

Herbert allait lui verser en contrepartie la jolie somme de cinq cent mille euros, ce qui allait parfaitement satisfaire Lucie, même si cette inintelligible et moralement innommable transaction demeurait totalement inavouable.

Lucie, dès lors débarrassée de toute enclave ou attache, allait pouvoir pleinement jouir de la vie avec Robert : plus rien ne s'opposait sur leur chemin, plus d'obstacles, plus de compte à rendre à personne, la voie était toute tracée et ils allaient pouvoir l'emprunter allégrement sans le moindre écueil.

29

Mais Gerbier n'était pas au bout de ses peines, car environ quatre mois après, un nouveau drame allait éclater dans ce qu'il appelait maintenant avec ironie « le cercle des Bermudes ».

Et c'était véritablement devenu un cercle où tout pouvait arriver : les malheureux et inexplicables événements se succédaient à une cadence soutenue plus qu'énigmatique, et le commissaire s'arrachait littéralement les cheveux, car il n'avait jamais eu une telle succession de morbides occurrences.

— Mais putain ! Quand est-ce que ça va s'arrêter ? Je n'ai jamais vu ça dans ma bien longue carrière ! Et qui plus est, sans arriver au moindre dénouement ni résultat.

Car ce qui venait d'arriver, à nouveau dépassait l'entendement.

Il était près de vingt-deux heures et Lucie venait de joindre le commissaire Gerbier pour lui signifier que son ami Robert venait de décéder.

Gerbier cru vraiment tout d'abord à une blague de mauvais goût.

— Merde ! Ce n'est pas possible ! Non pas encore eux ! Ils vont me rendre fou, ou alors ils se foutent de moi ! Si jamais c'est un bobard, ils vont le sentir passer.

Gerbier excédé se rendit sur place, accompagné d'une seconde voiture de police.

Arrivé au domicile de Lucie, un véhicule de secours était déjà sur place. Lucie le reçut en pleurs et complètement effondrée.

— Bonsoir Madame ! Calmez-vous, que se passe-t-il ?

— Où est le corps de votre ami ?

— Là ! Mon dieu ! Il est dans la salle de bain, il est mort, un médecin est auprès de lui, mais il n'y a plus d'espoir.

Il prenait son bain et tout d'un coup il y a eu comme une petite explosion et tout a disjoncté, il n'y avait plus de courant dans tout l'appartement.

J'ai tout d'abord crié et appelé Robert, mais il ne m'a pas répondu, je savais qu'il prenait son bain, et je me suis rendue comme j'ai pu jusqu'à la salle, mais tout était dans le noir, j'ai de nouveau essayé de lui parler, mais il ne me répondait toujours pas.

Alors je suis allée jusqu'au tableau électrique placé dans un placard de l'entrée et à tâtons, avec la faible lumière qui venait de l'éclairage de la rue à travers de la fenêtre, j'ai réussi à enclencher le disjoncteur.

Je me suis précipitée jusqu'à la salle de bain et Robert était là dans la baignoire, la tête complètement sous l'eau, son rasoir électrique était branché et gisait au fond de la baignoire.

J'ai tout de suite compris qu'il s'était électrocuté, je n'ai pas osé le toucher par peur de prendre une décharge moi-même.

J'ai aussitôt appelé les secours, le SAMU est arrivé très vite, mais ils n'ont pu que constater sa mort, ensuite je vous ai appelé, voilà.

Lucie, effondrée, ne savait plus quoi faire, ni qui prévenir : elle finit par appeler Herbert qui ne tarda pas à arriver.

Les services de secours firent le nécessaire pour conduire le corps sans vie de Robert au service de médecine légale de l'Hôpital « Dieu, place Notre-Dame ».

L'autopsie qui lui fut pratiquée détermina effectivement la mort par électrocution, avec certitude causée par le rasoir électrique tombé par inadvertance ou accident pendant que Robert se trouvait à l'intérieur de la baignoire pleine d'eau.

Aucune autre cause ne put être constatée, la conclusion n'admettait pas le moindre doute sur son décès.

30

Six mois plus tard sur une île du Pacifique

Lucie, en compagnie d'un beau jeune homme, bronzait sur une splendide plage des Îles Caïmans, en sirotant un magnifique cocktail, bien loin des pléthoriques tracas de la vie parisienne.
Elle avait réussi par sa ténacité et son énergique ardeur, à enfin se faire cette « place au soleil » rêvée par tant d'entre nous, mais obtenue au détriment des plus élémentaires règles de morale.

Mais aussi avec l'aide de bien de tromperies, de fausses déclarations et d'alléchantes promesses toutes plus fictives et illusoires les unes que les autres et pour finir avec la « malheureuse erreur » de manipulation du rasoir électrique par Lucie.

FIN

Du même auteur

- **Notre petite Maison dans la Prairie**
  (Récit autobiographique)
- **Les dessous de Tchernobyl**
  (Roman)
- **Le Piège**
  (Roman)
- **Amitiés singulières**
  (Amitiés Amour et Conséquences)
  (Roman)
- **Nature**
  (Récit)
- **La loi du talion**
  (Roman)
- **Le trésor tombé du ciel**
  (Román)
- **Prisonnier de mon livre**
  (Récit)
- **Sombres soupçons**
  (Roman)

Biographie :

Jose Miguel Rodriguez Calvo
né à «San Pedro de Rozados»
Salamanca (Castille) Espagne
Double nationalité franco-espagnole
Résidence : France

Del mismo autor
Publicaciones en Castellano

— **Perdido**
   (Novela)
— **Tierra sin Vino**
   (Novela)
— **El tesoro caído del Cielo**
   (Novela)

Biografía:

Jose Miguel Rodriguez Calvo
natural de «San Pedro de Rozados»
(Salamanca) España
Doble nacionalidad hispanofrancesa
Residencia: (Francia)

jose miguel rodriguez calvo